무인환생 9 완결

2023년 8월 10일 초판 1쇄 인쇄
2023년 8월 16일 초판 1쇄 발행

지은이 윤신현
발행인 강준규

기획 이기헌 왕소현 임동관 박경무 강민구 조익현
책임편집 금선정
마케팅지원 이원선

발행처 (주)로크미디어
출판등록 2003년 3월 24일
주소 서울시 마포구 마포대로 45 일진빌딩 6층
Tel (02)3273-5135 **Fax** (02)3273-5134
홈페이지 rokmedia.com **E-mail** rokmedia@empas.com

ⓒ 윤신현, 2023

값 9,000원

ISBN 979-11-408-0609-6 (9권)
ISBN 979-11-408-0600-3 04810 (세트)

ROK
MEDIA

로크미디어

武人還生

9 완결

무인환생

윤신현 신무협 장편소설

차례

제69장 명가의 부활

친구들과 마찬가지로 말에 타고 있던 석진호가 황량한 벌판을 바라보며 물었다.

아무리 멀리 봐도 사람의 머리카락 하나 보이지 않아서였다. 저 멀리 산이 보이기는 했으나 산채가 있을 만한 크기는 아니었다.

"여기가 보기에는 별 볼 일 없어 보일지 몰라도 북쪽에서 심양으로 들어오는 상단이나 표국들이 이용하는 길 중 하나야. 보다시피 주변에 아무것도 없기에 습격하기에 아주 용이한 지역이지. 흔적을 지우기도 쉽고."

"그럼에도 불구하고 이 길을 이용한단 말이지."

"시간이 엄청나게 단축되니까. 위험부담이 있지만 마적단을 만나지 않는다면 이윤이 크니까 포기할 수 없는 거지. 마주치더라도 통행료를 내고 지나가는 방법도 있으니까."

"이 근방에 마적단이 몇 개나 있어?"

북궁혁이 황폐한 들판을 찬찬히 돌아봤다.

그러나 석진호가 본 것처럼 사람이라고는 코빼기도 보이지 않았다.

마적단이 빈번하게 나타나는 길목이라고 하는데 사람은커녕 말들의 투레질 소리도 없었다.

"요녕성에서 가장 악명 높은 마적단 중 세 개가 이 근처에 있다고 들었어."

"절묘하게 균형이 맞는 모양이네."

"맞아. 자주 싸우기는 해도 끝장은 안 본다고 하네."

"어부지리를 주기 싫다는 거겠지. 차라리 다른 두 곳이 싸워서 양패구상하면 모를까."

얘기만 들어도 구도가 예상된다는 듯이 북궁혁이 중얼거렸다.

하지만 재미있다는 말투와 달리 북궁혁의 표정은 썩 좋지 않았다.

추위야 북해에 비하면 아무것도 아니었지만 이렇게 시간을 낭비한다는 것 자체가 마음에 들지 않았다.

"수색 시작해."

"예."

武人還生
무인환생

그런 북궁혁의 마음을 읽은 것처럼 모용천이 지시를 내렸다. 역천마궁과의 전쟁에서 직접 선별한 부하들이, 모용세가와 함께 미래를 만들기로 한 무인들이 사방으로 흩어졌던 것이다.

그리고 그들을 아이들이 삼삼오오 뒤따랐다.

어깨너머로 무인들의 기술을 배우기 위해서였다.

"한 방에 끝냈으면 좋겠는데."

"나도."

"위장이 좀 허술하지 않아? 상행이나 표행처럼 보이도록 짐마차를 몇 개 가져올걸."

"그럼 속도가 나지 않았겠지."

"마냥 기다려야 하나?"

북궁혁이 답답한 표정을 지었다.

꼭 시간은 금이다라는 속담이 아니더라도 일을 빨리 끝내고 싶었다.

"굳이 그럴 필요는 없지."

"어?"

자신만만한 석진호의 어조에 얼굴을 잔뜩 찌푸리고 있던 북궁혁이 번개같이 고개를 돌렸다.

목소리를 들어 보니 무슨 방도가 있는 듯해서였다.

"여기까지 온 이유가 뭐야? 요녕성의 무문들에 부활한 모용세가의 힘을 보여 주기 위해서 아냐? 그럼 빠르고 압도적으로 끝내야지."

"그건 나도 동의하는데 문제는 이놈들이 코빼기도 보이지 않는다는 거지."

"안 보이면 찾아내야지."

"마적단들의 본거지를 알고 있어?"

석진호가 씨익 웃었다.

그 모습에 북궁혁이 눈을 빛냈다.

그리고 모용천은 깜짝 놀란 표정을 지었다.

"진짜 안다고?"

"풍절 대협께 도움을 청했지. 세상천지에 거지가 없는 곳은 없으니까. 대막이라면 모를까 요녕성은 척박하기는 해도 개방도들이 돌아다니지 못할 정도는 아니야."

"대박."

모용천이 입을 쩍 벌렸다.

설마하니 개방에 도움을 청할 줄은 몰라서였다.

물론 그 역시 아주 잠깐 고민한 적은 있었다.

그러나 부탁한다고 해서 개방이 들어줄 가능성이 희박하기에 이 방법은 떠올린 것과 동시에 지워 버렸었다.

"돈 많이 들지 않았어? 공짜로 부탁을 들어주지 않았을 텐데."

"개방은 나에게 진 빚이 있으니까."

"아."

“이제 그 빚은 모용세가로 갔고.”

손바닥을 내려찍는 북궁혁을 일별한 석진호가 모용천을 쳐다봤다.

그러나 그 시선에 모용천은 부담스러워하기는커녕 오히려 더없이 기뻐했다.

“난 절대 빚을 잊지 않아.”

“빚이 점점 쌓이고 있는데?”

“최, 최대한 빠른 시일에 갚도록 노력할게.”

북궁혁의 말에 모용천이 움찔거렸다.

굳이 짚어 주지 않아도 잘 알고 있어서였다.

“근데 왜 미리 말해 주지 않은 거야?”

“우리 애들도 배우는 게 있어야지. 여기까지 왔는데 뽕은 제대로 뽑아야 하지 않겠어?”

“이럴 때 보면 진짜 석가장 출신이라니까.”

“가자.”

어깨를 으쓱하는 북궁혁을 일별하며 석진호가 모용천을 쳐다봤다. 그러자 모용천이 특유의 휘파람으로 사방에 흩어져 있던 이들을 일제히 불러 모았다.

양쪽에 여자 둘을 끼고 여유롭게 오수를 즐기던 혈풍단주가 두 눈을 부릅떴다.

멀리서 희미하게 들리는 비명 소리에 잠에서 깼던 것이다.

하지만 무공을 모르는 여인들은 그의 갑작스러운 반응에
도 잠꼬대를 하며 몸을 뒤척였다.

"저리 비켜!"

잠결임에도 자연스럽게 안겨 오는 여인을 거칠게 밀어낸
혈풍단주가 알몸인 상태로 천막에서 나왔다.

그러자 남쪽에서 시작된 비명 소리가 점차 가까워지는 게
느껴졌다.

"다, 단주님!"

"무슨 일이냐!"

"습격입니다! 적들이 쳐들어왔습니다!"

"누구냐! 묵건단이냐? 아님 천랑단?"

덜렁거리는 아랫도리를 훤히 드러낸 채로 혈풍단주가 의
동생이나 마찬가지인 부단주에게 물었다.

그러나 그의 예상과 달리 부단주는 생각지도 못한 세력을
입 밖에 꺼냈다.

"모, 모용세가입니다! 모용세가의 깃발을 들고 있는 걸 제
가 똑똑히 봤습니다."

"뭐? 모용세가?"

혈풍단주가 두 눈을 끔뻑거렸다.

그 정도로 생각지도 못한 곳의 등장에 놀란 것이었다.

무인환생

하지만 이내 그는 본래의 신색을 회복했다.

"예!"

"숫자는?"

"제법 많습니다. 알려진 숫자보다 두 배 정도 많아 보입니다. 그런데 다행스러운 점은 어린애들이 많다는 것입니다."

"어린애들?"

"십 대 중후반으로 보이는 애들이 반 정도 됩니다."

혈풍단주가 미간을 좁혔다.

모용세가인데 어린애들이 반수 가까이 된다고 하자 이상했던 것이다.

그러나 그가 고민하는 사이에도 수하들의 단말마는 계속해서 이어졌다.

"근데도 이렇게나 밀린다고? 모용천이 삼괴의 일인이라고 하나 모용세가에서 진짜 고수라고 할 수 있는 이는 그놈밖에 없을 텐데? 근데도 이렇게나 밀린다고?"

점차 가까워지는 비명 소리에 혈풍단주가 이해할 수 없다는 표정을 지었다.

물론 그 역시 삼괴의 무명을 모르지 않았다.

역천마궁과의 전쟁에서 모용천이 혁혁한 전공을 세웠다는 것도.

하지만 그와 함께 심양에 온 놈들은 끽해야 일류 내지 초일류인 데다가 숫자도 그리 많지 않았다.

듣기로 백리세가의 빙화가 호위 무사들과 함께 모용세가를 찾았다고 하나 그래 봤자 숫자로 치면 얼마 되지 않았다.

반면에 요녕성 최악의 마적단이라 불리는 그의 혈풍단은 무려 삼백 명이 넘었다.

"모용세가의 무리에 백괴가 있을 수도 있습니다. 단주님께 보고하려고 멀리서 본 것이라 확신할 수는 없지만 백발을 가진 청년을 보았습니다."

"자, 잠깐만. 백괴가 있다는 말은……."

콰아아앙!

혈풍단주의 말은 끝까지 이어지지 못했다.

어느새 지척에서 폭발이 일어났던 것이다.

그리고 그의 수하들이 갈가리 찢긴 채로 허공에 비산했다.

"내가 나설 것도 없겠는데?"

"네가 나서면 안 되지. 혈풍단의 본거지를 알려 줬는데. 너는 구경이나 하고 있어. 금방 쓸어버리고 올 테니까."

"처처처, 천룡검제!"

검을 회수하는 모용천의 옆에 심드렁한 얼굴로 말에 타고 있는 석진호를 발견한 혈풍단주가 아연실색한 표정을 지었다.

석진호와 만난 적은 없지만 그의 용모파기는 이미 천하 각지로 퍼진 상태였다.

거기다 백괴 북궁혁이 있다면 석진호가 있는 것도 이상하지 않기에 단주는 창백해진 얼굴로 주저앉았다.

"다, 단주님……! 컥!"

반항은 생각지도 못하고 망연자실한 채 바닥에 주저앉는 혈풍단주를 향해 부단주가 애처롭게 불렀으나 안타깝게도 그의 말은 끝까지 이어지지 못했다.

모용천의 검이 그의 목을 잘랐던 것이다.

피조차 흘러나오지 않을 정도로 매끈하게 목이 잘린 부단주가 무기력하게 바닥에 허물어졌으나 혈풍단주는 아무것도 할 수 없었다. 최절정에 오른 고수가 혈풍단주였지만 삼괴의 명성에 비하면 그는 아무것도 아니었다.

"그냥 포기하게? 그럼 너무 시시한데. 요녕성을 휘어잡던 악명은 어디 간 거야?"

"사, 살려 주십시오! 살려만 주신다면 시키는 것은 무엇이든 하겠습니다! 요녕성 정복을 위해 이 한 몸 바치겠습니다!"

"모용세가에 더러운 칼은 필요 없다. 마적단의 수괴였던 너 같은 놈은 더더욱 말이지."

"컥!"

혈풍단주의 머리가 바닥을 나뒹굴었다.

부단주와 마찬가지로 모용천이 단칼에 목을 날려 버린 것이었다. 그리고 그 뒤로 모용세가의 무인들과 승천무관의 관도들이 속속들이 나타났다.

삼백 명이 넘는 혈풍단을 단숨에 꿰뚫고 여기까지 온 것이었다.

"살아남은 자는?"

"없습니다."

"도망자는?"

"단 한 명도 없습니다."

수하의 보고에 모용천이 만족스러운 표정을 지었다.

완벽한 멸살에 흡족했던 것이다.

"부상자는?"

"가벼운 상처를 입은 이는 있으나 다음 전투에 지장을 줄 정도는 아닙니다."

"승천무관 쪽은?"

"마찬가지입니다."

"그럼……."

모용천의 시선이 잠자코 말에 타고 있는 석진호에게로 향했다. 그러자 석진호가 고민할 거 있냐는 듯이 입을 열었다.

"싹 다 털어."

"잡혀 있던 사람들도 풀어 주고."

"존명!"

세 사람 주위로 왔던 이들이 순식간에 흩어졌다.

혈풍단이 훔친 모든 것들을 챙기기 위해서였다. 그러면서 붙잡혀 있던 이들도 빠르게 찾아내어 풀어 주었다.

"의외로 아이들이 많은데?"

무인환생

"잡일을 시키기에 편하니까. 어른에 비해 다루기도 쉽고."

"쓰레기 같은 것들."

하나같이 피골이 상접한 얼굴로 정마룡과 탁윤의 손에 이끌려 나오는 아이들을 보며 북궁혁이 이를 갈았다.

걸어 나오는 모습만 봐도 이곳에서 어떻게 생활하고 있었는지 충분히 유추할 수 있기에 북궁혁은 분노를 감추지 않으며 싸늘하게 식어 가는 시체들을 노려봤다.

아이들의 모습을 보니 너무 편안하게 죽인 것 같아서였다.

"괜찮아, 이젠 괜찮아."

다들 그런 그와 같은 생각인 모양인지 눈빛들이 심상치 않았다. 하지만 아이들 앞에서는 절대 흉흉한 기색을 드러내지 않았다.

혹시나 아이들에게 겁을 줄까 싶어서였다.

그리고 백리선의 존재가 큰 도움이 되었다.

"다 끝났으니까 다들 날 따라올래?"

"어, 어디로 가는 거예요?"

"안전한 곳으로. 부모님이나 친척이 있다면 그곳으로 안전하게 보내 줄게."

"정말요?"

"응. 그러니까 이제 걱정하지 마렴."

하나같이 꾀죄죄한 몰골이었음에도 백리선은 아이들을 포근히 안아 주었다.

그리고 그 모습을 석진호가 지그시 바라봤다.

'여자 보는 눈은 있네.'

한적했던 모용세가가 어느 순간 북적거렸다.

요녕성의 북쪽을 지배했다고 해도 과언이 아닌 혈풍단, 묵건단, 천랑단을 박살 내며 구해 온 아이들이 모이자 숫자가 상당했던 것이다.

그중 몇몇은 부모나 친인척과 연락이 닿아 집에 돌아가기도 했지만 대부분은 가족이 없었다.

하지만 그렇다고 모용천은 내쫓지 않았다.

"확실히 나쁘지 않은 방법이야."

"생각해 보니 이것도 괜찮겠다 싶어서. 지금 모용세가에는 사람이 필요하니까. 그것도 믿을 수 있는 사람이. 아직 나이도 어리고 부족한 점이 많지만 그건 본가도 마찬가지니까."

"좋은 선택이야. 돈이 없는 것도 아니고."

"세 곳을 쓸어버렸을 뿐인데 소득이 상당해. 예상했던 금액을 훌쩍 뛰어넘었어."

마적단들을 쓸어버리면서 얻은 이득은 엄청났다.

일단 마적단들인 만큼 말들을 거의 인원에 맞춰 가지고 있었고, 축적해 놓은 재물 역시 상당했다.

중원의 다른 성들에 비하면 상업 규모가 작은 편임에도 상당한 재산을 축적해 놓았던 것이다.

그리고 그건 고스란히 모용세가의 재산이 되었다.

"절반은 내 거라는 거 알지?"

석진호가 장난스럽게 웃었다.

처음 마적단을 토벌하러 나갈 때 약속한 게 바로 이득의 절반이었다.

정보도 제공했을뿐더러 무공 교두들과 관도들의 활약도 상당했다. 거기에 석진호가 함께해 준 만큼 금액은 결코 과한 수준이 아니었다.

"당연하지. 제법 될 거라고는 생각했는데, 사실 좀 놀랐어. 이 정도일 줄은 몰랐거든. 일단 너한테 빌린 돈을 어느 정도는 갚을 수 있을 것 같아."

"그러진 말고. 앞으로 돈 들어갈 일 천지일 텐데 일단 가지고 있어. 규모를 키울 때 가장 절실하게 필요한 게 돈이니까. 지금은 괜찮은 듯해도 얼마 안 가 생각이 달라질 거다."

"일단 혁이부터 갚을까?"

석진호에 비하면 북궁혁에게 빌린 금액은 소액이었다.

그러나 그 말에 석진호는 고개를 저었다.

"거절할걸."

"내가 생각하기에도."

"오래 묵어야 이자가 많이 붙기도 하고."

"후후!"

이자를 이유로 들었지만 모용천은 알았다.

친구들이 다 자신을 위해서 받지 않는다는 사실을 말이다.

"기존 세력들의 반응은 어때?"

"다들 긴장하는 모양새지. 실력 행사를 제대로 했으니까. 쉽게 토벌이 될 세력이었으면 지금까지 존재하지 못하는 게 마적단이니까. 근데 그 마적단을 한 곳도 아니고 세 곳을 동시에 쓸어버렸으니."

"그걸 노린 거잖아."

"맞아. 명문 세가의 부활을 알리기에는 딱 적당하다고 생각했으니까. 사람은 적지만 힘은 충분히 가지고 있고."

모용천의 얼굴에 자신감이 서렸다.

처음 승천무관을 찾을 당시 그는 스스로의 무위에 자신감이 없었다. 후기지수 중 뛰어난 실력인 건 알았지만 그게 어느 정도인지는 몰랐다.

그러나 승천무관에서 석진호와 북궁혁을 만나고, 그리고 육룡오화를 만나며 모용천은 확실하게 알게 되었다.

자신이 지금까지 한 노력이 결코 헛되지 않았음을 말이다.

물론 하늘 위에 하늘이 있음도 알게 되었지만 그게 모용천에게는 약이 되었다.

"모용세가주라는 직위에 걸맞은 힘을 가지고 있지. 나이에 어울리지 않게."

武人還生
무인환생

"왜 갑자기 금칠이야?"

"틀린 말이 아니니까. 솔직히 백리세가주와 싸우면 이길 자신 있잖아?"

"……그래도 미래에 장인이 될 분인데. 비교 대상으로 하기에는 좀."

"거봐, 아니라고는 말 안 하잖아."

석진호가 피식 웃었다.

말은 저렇게 해도 부정하지는 않아서였다.

"운이 좋았지. 만약 내가 승천무관을 찾아가지 않았다면, 너나 혁이를 만나지 못했다면 지금의 나는 없었을 거야."

"시간이 좀 더 걸렸을 뿐이지 결국에는 지금과 같았을 거다."

"대신 내 주위에 너와 혁이 그리고 백리 소저가 없었겠지."

"그건 인정."

이 부분은 석진호도 동의했다.

승천무관을 찾은 게 일생일대의 선택이라는 것도 맞았고.

"그렇기에 모용세가는 언제라도 승천무관의 옆에 있을 거다. 전 중원이 적으로 돌아서도, 나와 모용세가만은 네 옆자리를 지킬 거다."

"뜬금없이 무슨 소리야?"

"너에게는 든든한 우군이 있다는 사실을 알고 있으라고. 비록 지금은 막 기지개를 펴는 정도지만, 요녕성의 맹주가 되기까지 그리 오래 걸리지는 않을 거다. 이런 전폭적인 지원을 받았는데 오래 걸리면 내 능력이 부족하단 걸 뜻하니까. 그런 꼴은 내가 또 절대 못 보지."

"응원하마."

"고맙다."

가볍게 말했지만 석진호는 알았다.

모용천이 진심을 담아 말했다는 사실을 말이다.

그리고 말한 대로의 약속을 어떻게든 지켜 낼 거라는 것도.

'요녕성이라.'

천하를 제패할 생각은 없지만 아군이 많아서 나쁠 건 없었다. 혼자보다는 여러 명의 힘이 필요할 때도 있었고 말이다.

집무실에 앉아서 보고서를 보던 석명일이 콧방귀를 뀌었다. 어이가 없는 내용에 실소가 절로 나왔던 것이다.

"요놈들 봐라?"

실소 이후엔 조소가 흘러나왔다.

그 정도로 석명일은 어처구니가 없었다.

구명지은을 입은 주제에 이따위 짓을 벌이자 분노가 치솟았다.

똑똑똑.

武人還生
무인환생

"가주님, 석미룡입니다. 부르셨다고 들었습니다."

그때 문 너머에서 딸의 목소리가 들렸다.

막 복귀했는지 살짝 피곤함이 느껴지는 목소리였으나 흔들림은 없었다.

'예전에는 이런 사소한 것들이 보이지 않았는데 말이지.'

과거의 석명일은 철혈의 군주였다.

석가장의 장주로서 오직 수치와 결과만 봤다.

그게 진리라고 생각했으니까.

하지만 석만호의 일이 있은 후 그는 달라졌다.

자신이 보던 것만이 전부가 아님을 깨달았다.

또한 별거 아닌 작은 응어리가 석가장을 무너뜨릴 수도 있음을 깨달았다.

"들어오너라."

"예."

석만호가 떠오르자 안면이 굳어짐을 느꼈지만 이내 그 표정은 창졸간에 사라졌다.

이윽고 집무실의 문이 열리며 말끔한 복장의 석미룡이 안으로 들어왔다.

"앉거라."

"네."

석진룡과 석기룡의 죽음으로 직계는 이제 석미룡밖에 남지 않았다.

그러나 석명일은 그녀가 유일한 직계라고 해서 후계자로 선택할 생각은 없었다.

예전이었다면 당연히 그랬겠지만 지금은 달랐다.

또한 그 변화를 석미룡 역시 알고 있었다.

"너도 대충은 알고 있을 거라 생각한다. 상인은 정보에 민감할 수밖에 없으니까."

"소문은 들었어요."

석명일이 건네준 보고서를 빠르게 읽으며 석미룡이 고개를 주억거렸다. 안 그래도 이 소문을 들은 후 그녀 역시 분통을 터트렸었다.

아무리 욕심에 눈이 멀었거니와 이건 아니었다.

배신이라고 해도 과언이 아닌 공동파의 행위에 그녀는 내심 칼을 가는 중이었다.

"네 생각은 어떠냐?"

"가만히 있어서는 안 된다고 생각해요."

석미룡이 단호하게 대답했다.

그녀가 알고 있는 석진호라면 이 사실을 알아도 딱히 신경 쓰지 않을 터였다. 공동파가 아무리 진실을 깎아내린다고 해도 석진호는 무림의 영웅이었다.

또한 누구도 감히 반론을 제시할 수 없는 당대의 천하제일 인이기도 했고.

그리고 거인은 쉽게 움직여서는 안 되는 법이었다.

무인환생

'정확하게는 움직일 가치를 못 느끼겠지.'

석진호의 명성을 깎아내리곤 있으나 공동파는 그 선을 절묘하게 넘지 않았다.

절대 직접적으로 말하지 않았던 것이다.

대신 동조하는 이들을 이용했다.

석진호가 분노하더라도 빠져나갈 구멍을 만들어 두었던 것이다.

"우리가 나서도 될까?"

석명일이 조심스럽게 물었다.

혹시라도 석진호가 주제넘다고 생각하지는 않을까 싶어서였다. 괜한 참견이라고 생각할 수도 있기에 석명일은 확인차 석미룡에게 물어봤다. 현재 석가장에서 그나마 석진호와 가장 친분이 깊다고 할 수 있는 게 딸이었으니까.

"제 생각이 궁금하신 거죠?"

"맞아. 이제는 상황이 달라졌으니까. 지금의 진호는 그런 위치에 있지."

냉정하게 말해 석진호의 눈치를 보는 것이었으나 석명일은 그게 부끄럽지 않았다. 다른 이도 아니고 무림을 구한 영웅이자 천하제일인이었다.

그것도 적수가 보이지 않는 절대자가 그의 아들이었다.

한데 어찌 눈치를 안 볼 수 있을까.

'오히려 어떻게든 달라붙어야 하는 형편이지.'

그 대단하다는 소림사의 방장과 화산파의 장문인, 거기에 남궁세가주가 직접 감사 인사를 전하러 승천무관을 찾았다.

게다가 그는 중원 상계의 지배자답게 비성곡도 알고 있다.

'무조건 빌붙어야 해. 앞으로의 무림은 진호의 뜻에 따라 움직일 가능성이 커.'

석진호는 무림에 큰 관심이 없었다. 그건 석진호에 대해 조금이라도 조사를 하면 알 수 있었다.

하지만 중요한 건 그럼에도 석진호의 영향력은 어마어마 하다는 점이었다. 강호에 뜻은 없으나 그렇다고 건드는 이를 가만히 놔둘 리는 없었다.

그게 무인이라는 족속이었으니까.

지금도 지켜보고 있는 것이지 만약 공동파가 선을 넘는다면 바로 움직일 터였다.

'굳이 직접 손을 쓰지 않더라도 말이지.'

석가장에 있었으나 석명일은 많은 것을 꿰뚫어 보고 있었다.

괜히 석가장주가 아니었던 것이다.

또한 늘 승천무관을 예의 주시하고 있었다.

"맞아요. 미래를 생각해서라도 어떻게든 진호와 좋은 관계를 유지할 필요가 있어요."

"어쨌든 네 생각은 우리가 나서도 된다는 거지?"

"예. 아마 고맙다는 말은 듣기 힘들겠지만요."

"그건 중요치 않아. 중요한 건 공동파가 진실을 비틀고 있고, 우리에게는 갚아야 할 빚이 있다는 거지."

석명일의 두 눈이 형형하게 빛났다.

많은 이들은 잊고 있었지만 공동파에는 갚아야 할 빚이 있었다.

"백마표국 말씀이시군요."

"맞아. 백마표국은 확실하게 정리했지만 실질적인 머리는 공동파였으니까. 그때 당시에는 백마표국까지가 한계였지. 하지만 지금은 달라."

"예전의 강대했던 공동파가 아니니까요."

"맞아. 지금이라면 충분히 찍어 누를 수 있다. 굳이 진호가 나서지 않더라도 말이지. 심지어 손해도 아냐."

이미 계산을 다 끝낸 상태였다.

다만 석진호의 생각을 알 수 없기에 진척시키지 않고 멈춰 둔 것일 뿐.

"저는 그럼 망설일 필요가 없다고 생각해요."

"좋아. 돈의 힘을 보여 주자고."

석만호의 반란으로 상당한 피해를 입기는 했으나 상처를 입었어도 호랑이는 호랑이였다.

그렇기에 석명일은 자신 있었다.

공동파를 벼랑 끝까지 몰아붙일 자신이 말이다.

더구나 자신은 그렇게 할 수 있어도 공동파는 석가장을 어찌할 수 없었다.

"아, 그리고 산동성의 정세도 감숙성과 비슷해요. 황보세가와 진주언가가 산동악가를 압박하고 있어요."

"그것 역시 보고 받았다. 같이 싸운 만큼 지원할 생각이다."

"진호에게도 알릴게요. 감숙성의 일과 같이. 당연히 알고 있겠지만 그래도 혹시 모르니까요."

"잘 생각했다."

석명이 고개를 주억거렸다.

앞으로의 관계를 위해서라도 이런 조치는 반드시 필요했다. 지금보다 더욱 큰 석가장을 위해서 석진호와는 반드시 좋은 관계를 유지해야 했다.

"아, 그리고 요녕성의 모용세가와도 끈을 만들어 두어라. 향후 요녕성의 맹주가 될 것이다."

"마땅한 경쟁자가 없긴 하죠. 알겠어요."

삼괴의 우정이 알려진 것보다 더욱 끈끈하다는 것을 알고 있었기에 석미룡은 순순히 대답하고선 집무실을 나섰다.

멀리 보이는 승천무관의 모습에 아이들이 환호성을 내질렀다. 모용세가에서의 생활이 불편하지는 않았지만 그래도

武人還生
무인환생

집에 비할 바는 아니었다.

더구나 야숙이 잦았기에 집이 그리울 수밖에 없었다.

"저곳이 승천무관."

"앞으로 너희가 지내야 할 장소지."

"네에."

반가운 마음에 뛰어가는 아이들과 달리 십여 명의 소년 소녀는 멍하니 승천무관의 정문을 쳐다보거나 어색하게 서 있었다.

바로 모용세가에서부터 같이 온 아이들이었는데, 마적단을 박살 낼수록 점점 늘어나는 아이들의 숫자에 모용천이 난감해하자 석진호는 떠날 의향이 있는 아이들을 전부 데려왔다.

굳이 관도로 받아들이지 않더라도 일손이 필요한 일이 많았고 객잔에서 일을 시켜도 되었기에, 석진호는 고민하지 않았다.

"어서 오세요."

"음?"

그런데 그때 생각지도 못한 목소리가 들렸다.

정문이 열리며 두 여인이 모습을 드러냈던 것이다.

"어머! 하린 아가씨! 나연 아가씨!"

마치 기다리고 있었다는 듯이 조신하게 서 있는 두 여인의 모습에 마차에 타고 있던 소하정이 헐레벌떡 뛰어나왔다.

그러고는 두 여인의 손을 맞잡았다.

"오랜만이죠?"

"요녕성은 어떠셨어요?"

누구보다 반갑게 맞아 주는 소하정의 모습에 당하린과 팽나연도 얼굴 가득 미소를 지었다.

소하정만큼이나 두 사람도 반가워서였다.

"누나!"

"다시 오셨군요!"

그 주위로 아이들이 모여들었다.

소하정과 마찬가지로 아이들 역시 두 사람이 반가웠던 것이다.

"어? 혼자 오신 거예요?"

아이들에 이어 인사를 하던 정마릉이 당하린의 주변을 두리번거렸다.

당연히 있어야 할 한 명이 보이지 않아서였다.

"응. 이번에는 떼어 놓고 왔어. 이제 다 컸으니 각자의 삶을 살아야 하지 않겠어?"

"그렇긴 한데, 아쉽네요."

승천무관에서 제일가는 말괄량이였지만 이상하게 밉지 않은 게 당아린이었다.

의외로 그나 탁윤을 챙겨 준 것도 그녀였고.

그래서 정마릉은 살짝 아쉬운 표정을 지었다.

"아예 안 보는 것도 아닌데. 나중에 보게 될 거야."

동생을 그리워해 주는 정마룡을 따스하게 쳐다보던 당하린이 고개를 돌렸다.

바로 석진호가 서 있는 곳으로 말이다.

※

또르륵.

짧은 해후를 마치고 석진호는 두 여인과 자리를 마련했다.

승천무관에 다시 돌아왔다는 건 오직 한 가지를 뜻했으나 그럼에도 확인하기 위해서였다.

"많이 놀라신 것 같아요."

"좀 의외의 결정이라."

"저희랑은 생각이 반대네요. 저희는 당연히 예상하고 계실 거라 생각했는데."

석진호가 따라 주는 찻잔을 잡으며 당하린이 의외라는 표정을 지었다. 그리고 그건 옆에 나란히 앉아 있던 팽나연도 마찬가지였다.

"사람의 감정은 복잡하니까. 사실 자기 마음도 제대로 아는 이가 드문 마당에."

"하지만 확실하게 알고 있는 사람들도 있죠."

"모용 가주님이 그렇고요."

팽나연이 싱긋 웃으며 입을 열었다.

그런데 그녀의 분위기가 예전과는 살짝 달라진 느낌이 들었다. 좀 더 여유로워진 듯한 느낌에 석진호는 그녀를 지그시 쳐다봤다.

"또 가출하신 겁니까?"

"아뇨. 허락받고 왔어요. 아니, 정확하게는 엄명을 받았다고 할까요."

팽나연이 의미심장하게 웃었다.

마치 원한다면 받은 엄명이 무엇인지 말해 줄 수 있다는 듯이 말이다.

그러나 석진호는 묻지 않았다.

어떤 엄명일지 충분히 짐작이 가서였다.

"솔직히 안 올 줄 알았는데."

"시간이 너무 오래 걸렸죠? 저는 일찍 오고 싶었는데, 이것저것 준비할 게 많아서요. 각오를 보여 주어야 하기도 했고요."

"각오?"

"예. 앞으로는 승천무관에서 지낼 거거든요."

표정 변화가 거의 없는 석진호가 순간 당혹스러운 표정을 지었다.

하지만 그 모습에 당하린은 오히려 웃으며 말을 이었다.

"제 마음은 앞으로도 변함없을 거예요. 그렇다고 해서 오라버니께 강요할 마음은 없어요. 다만 알아주셨으면 해요.

무인환생

오라버니 곁에는 제가 늘 있다는 사실을요."

"저도 마찬가지예요. 공자님 곁에 있고 싶어요."

"으음!"

단도직입적으로 말해 오는 두 여인의 모습에 석진호가 침음을 흘렸다.

그러나 아예 예상치 못한 일은 아니었다.

말을 꺼내지 않았을 뿐 두 사람은 계속해서 마음을 드러냈었다.

"지금 이 자리에서 꼭 답을 해 주지 않으셔도 돼요. 오라버니 말씀대로 저희는 아직 젊으니까요. 다만 이렇게 말하는 건 제 마음을 알아주셨으면 해서예요. 숨기고 싶지도 않고."

"둘 중 한 명을 고르셔도, 둘 다 받아들이셔도 저희는 따를 거예요."

"허!"

석진호가 기가 막히다는 표정을 지었다.

설마하니 이런 결정을 내릴 줄은 몰라서였다.

하지만 두 사람으로서는 어쩔 수 없는 결정이었다.

석진호가 너무 뛰어났기에 두 여인은 현실을 받아들였다.

포기하면 간단한 일이었지만 둘 다 포기는 생각할 수 없었다. 그렇다면 남은 방법은 사랑을 나누는 것뿐이었다.

'동시에 같이 차단하면서 말이지.'

비무를 명목으로 승천무관을 찾은 남궁연을 당하린은 똑

똑히 기억하고 있었다.

또한 풍절과 범율, 명진과 함께 남궁후가 승천무관을 방문했다는 걸 가문을 통해 들었기에 더더욱 고민은 짧았다.

혼자보다는 둘이 나을 게 확실해서였다.

"오라버니께서 말씀하셨죠. 한 번쯤은 진지하게 생각해 보는 시간이 필요하다고요. 저는 고민을 끝냈어요. 아니, 고민할 필요가 없었어요. 단지 각오할 시간이 필요했을 뿐. 제가 다시 살아난 순간부터 제 삶은 오라버니와 연결되었다고 저는 생각해요."

"저 역시 마찬가지예요. 제 삶 역시 석 공자님과 연결되어 있어요. 처음 만났을 때부터요."

더 이상은 부끄럽지 않다는 듯이 당하린과 팽나연은 직설적으로 말했다.

그러나 독촉하지는 않았다.

단지 자신의 마음을 솔직하게 밝혔다.

"흐음."

흔들리지 않는 두 쌍의 시선을 마주하며 석진호가 나직하게 한숨을 내쉬었다.

강요하지 않아 더욱더 부담이 되는 느낌이었다.

그러나 석진호도 생각은 하고 있었다.

언젠가는 자신도 결혼할 수도 있다고 말이다.

'당하린과 팽나연이라.'

무인환생

석진호는 두 눈을 감았다.

사실 결혼에 대해 생각해 봤을 때 가장 먼저 떠오른 사람이 바로 눈앞에 있는 두 명이었다.

누가 뭐래도 현재 그와 가장 가깝고, 깊은 인연이 있는 여인들이 두 사람이었다.

"두 사람의 마음은 알겠어."

"이제는 저도 편하게 대해 주시는 건가요?"

"싫으면 원래대로 해 주고."

"아뇨! 지금이 훨씬 좋아요!"

팽나연이 황급히 고개를 저었다.

안 그래도 늘 부러웠던 게 바로 이것이었다.

존대해 주는 게 존중의 의미도 있지만 그녀에게는 이상하게 거리를 두는 행위처럼 느껴졌었다.

그렇기에 팽나연은 단호하게 대답했다.

"일단 두 사람 다 마음을 밝혔으니 나도 솔직하게 말해 주는 게 예의겠지. 둘 다 어느 정도 짐작하고 있겠지만 사실 난 애정이니 사랑이니 하는 감정은 아직 없어. 하지만 분명한 건, 내게 있어 가족을 제외하고 여자 중에 가장 편하고 친한 건 두 사람이야."

어두워졌던 두 사람의 표정이 순식간에 밝아졌다.

적어도 여자들 중에서는 자신들이 가장 앞서 있다는 사실을 알 수 있어서였다. 그리고 석진호의 성격을 생각하면 앞으로도 지금과 별반 다르지 않을 터였다.

석진호가 첫눈에 반하거나 금방 사랑에 빠지는 성향이 절대 아니었으니까.

"그 정도면 충분해요."

"앞으로는 얼마든지 달라질 수 있으니까요. 그리고 기다리는 건 익숙해요."

"마지막 말에 왠지 뼈가 있는 거 같은데."

"너무 기다리게 하진 말아 주셨으면 해서요."

팽나연이 싱긋 웃었다.

훨씬 더 여유로워진 얼굴로 말이다.

"너도 편히 말해. 동갑인데."

"그럴 순 없지요. 소녀가 어찌 하늘 같은 낭군님한테 반말을 할 수 있겠어요. 나중을 위해서라도 앞으로 계속 이렇게 말할 거예요."

"편한 대로 해."

자기가 하겠다는데 말릴 생각은 없었다. 그렇기에 석진호는 더 이상 권유하지는 않고 찻잔을 들었다.

"오랜만에 이렇게 셋이서 차를 마시네요."

"그러게."

석진호는 입을 다물었지만 방 안의 분위기는 화기애애했다. 두 여인의 담소가 끊임없이 이어져서였다.

그런 그녀들의 대화를 석진호는 조용히 경청했다.

무인환생

승천무관에 복귀한 지 얼마 되지 않았음에도 불구하고 석진호는 다시 길을 나섰다.

뜻밖에도 산동성이 있는 남쪽으로 내려갔던 것이다.

"이렇게 넷이 가니 좋네요. 요녕성에 갈 때는 소설이랑 단둘뿐이어서 조금 심심했었는데."

"앞으로는 이렇게 자주 움직이게 될 거예요."

단 두 명이 더 늘어났을 뿐인데도 마차가 꽉 찬 듯한 느낌에 소하정이 방긋 웃었다.

마차 안의 온기도 온기지만 당하린과 팽나연이 돌아와 준게 그녀는 너무나 고마웠다.

"히잉! 저는 역시 부족했나 봐요."

"그런 뜻이 아니라. 아무래도 북적북적한 느낌은 아니니까. 돌아올 때야 아이들과 함께 오기는 했지만 애들이 워낙에 눈치를 봐서 말을 쉽게 걸기가 힘들었고."

풀 죽은 얼굴로 고개를 푹 숙이는 채소설을 소하정이 어르고 달랬다.

그리고 그 모습을 팽나연과 당하린이 웃으며 지켜봤다.

"제가 좀 더 분발할게요."

"아냐, 아냐. 너는 충분히 잘해 주고 있어. 내가 실언을 해서 그래. 미안하구나."

"아니에요!"

채소설이 격렬하게 고개를 저었다.

할머니가 갑자기 돌아가시고 그녀와 오빠를 거둬 준 건 석진호였지만 실질적으로 두 남매를 키워 준 건 옆에 있는 소하정이었다.

때론 엄마처럼, 때론 친구처럼 살뜰히 챙겨 주었기에 그녀와 채소강이 별 탈 없이 지금처럼 자랄 수 있었다.

"제가 주제넘게 투덜거렸어요."

"그런 말 하지 말랬지. 왜 그런 말을 해. 소설이 너도 우리 가족인데."

소하정이 채소설의 손을 따뜻하게 붙잡았다.

처음에 만났을 때도 그랬지만 그녀는 채소설을 일개 하녀라고 생각하지 않았다.

피는 한 방울도 섞이지 않았지만 소하정에게 있어 채소설은 이미 가족이었다.

"고, 고맙습니다! 흑!"

"이제는 다 큰 처녀가 울면 쓰나. 에구에구."

감정이 격해졌는지 눈망울이 순식간에 촉촉해지는 채소설의 눈가를 소하정이 웃으면서 쓸어 줬다.

그러자 채소설이 그녀의 품에 와락 안겼다.

"소설이도 여인이 되어 가고 있구나. 감정이 풍부해지는 걸 보니."

"사실 좀 늦었지. 사춘기가 오기에는."

소하정의 품에 안겨 펑펑 우는 채소설의 모습에 당하린과

武人還生
무인환생

팽나연이 입가에 미소를 띠었다.

나이에 걸맞지 않게 조숙하다고 생각했는데 역시 아이는 아이라는 생각이 들었다.

-근데 객잔주님을 데려가도 되나? 분위기를 보면 싸울 가능성이 큰데.

-무슨 걱정이에요. 오라버니가 계신데. 사실 하북팽가의 병력도 필요 없는 거 아시잖아요. 오라버니만 나서도 장원 자체가 쓸려 나갈 텐데.

-그래도 혹시 모르니까 그러지.

팽나연이 걱정스러운 표정을 지었다.

마차 안의 분위기는 나들이를 가는 것처럼 가벼웠으나 실상은 달랐다.

싸움이 일어날 가능성이 컸기에 팽나연은 만약의 사태를 걱정했다.

-저도 있고, 언니도 있잖아요. 정 교두님과 탁 교두님도 이제는 절정 고수이고. 거기다 그분까지 계시니 걱정은 안 해도 돼요.

-그분은 대체 누구셔? 너는 알고 있는 거 같은데.

마침 잘됐다는 듯이 팽나연이 물었다.

눈치로 보건대 당하린은 엄유강의 정체에 대해서 아는 것 같아서였다.

-그건 저도 말씀드리기 힘들어요. 그분께서 직접 밝히지 않

는 한. 다만 한 가지 말씀드릴 수 있는 건 저희 아버지도 마찬가지라는 점이에요.

-헐.

전음을 보내던 팽나연이 진심으로 놀란 표정을 지었다.

천하의 사천당가주조차 함부로 대할 수 없는 인물이라고 하자 더더욱 놀라웠던 것이다.

-자연스럽게 알게 되실 때가 곧 올 거예요.

-안 오면?

-그럼 별수 없죠.

당하린이 새침하게 대답했다.

팽나연을 놀리려는 게 아니라 그녀로서는 정말 먼저 밝힐 수가 없어서였다.

한편 마차 안에서 네 명의 여자들이 수다 삼매경에 빠져 있을 때 밖에 있던 일행은 목적지에 도착했다.

산동성을 대표하는 무가이자 오대세가 중 한 곳인 황보세가의 정문에 도착했던 것이다.

웅성웅성.

석진호의 등장에 정문에서 입장 순서를 기다리고 있던 수많은 사람들이 깜짝 놀랐다.

느닷없는 방문도 방문이지만 황보세가가 진주언가와 함께 석진호를 향해 무슨 말을 했는지 다들 알고 있었기에 하나같이 긴장한 표정을 지었다.

무인환생

석진호가 여기까지 온 이유가 그 발언 때문이라는 것을 모두가 짐작할 수 있어서였다.

"무, 무슨 일로 찾아오셨습니까?"

그리고 그걸 황보세가의 문지기 역시 알고 있었다.

때문에 중년의 문지기는 동료와 마찬가지로 바짝 언 얼굴로 석진호와 일행을 빠르게 훑어보며 물었다.

'북해빙궁의 소궁주는 당연하지만 하북팽가의 소가주는 왜?'

북궁혁이 함께 있는 건 이해할 수 있었다.

요녕성에도 같이 다녀왔을 정도로 늘 석진호와 붙어 있었으니까.

다만 의문인 건 일행 중에 하북팽가의 소가주인 팽무건과 하북팽가의 무인들이 함께 있다는 점이었다.

그것도 다들 하나같이 서슬 퍼런 기세를 흘뿌리고 있었다.

"나오라 그래."

"예?"

"가주 나오라고."

"협!"

세간에 알려지기로 석진호는 살짝 거만하기는 해도 예의를 모르는 인물은 아니었다.

또한 지닌 바 힘에 비해, 가지고 있는 명성에 비하면 은거 고수처럼 조용히 지내는 편이었고.

그런데 지금 석진호는 수많은 사람들이 있는 곳에서 하대를 했다.

마치 황보세가주를 아랫사람 부르듯이 말이다.

"……제가 잘못 들은 것 같습니다만."

"아니. 제대로 들었어. 황보궁 데려와."

문지기의 얼굴이 딱딱하게 굳었다.

무례를 넘어선 무시에 분노한 것이었다.

그러나 말에 타고 있는 석진호는 그런 문지기를 무심한 눈으로 쳐다봤다.

"예의를 아는 사람이라고 들었습니다만."

"예의는 사람에게 지키는 거야. 은혜도 모르는 것들에게 지킬 예의는 없다."

주변에 무거운 침묵이 내려앉았다.

그 정도로 석진호의 발언은 충격적이었다.

그런데 재미있는 건 누구도 그것에 대해 석진호에게 따지지 못한다는 것이었다.

武人還生
무인환생

제70장 어디서 감히

"말씀이 지나치시오!"

"황보궁이 했던 말은 괜찮고?"

"……!"

문지기는 순간 말문이 막혔다.

저렇게 나오면 그로서는 할 말이 없어서였다.

두두두두!

그때 정문 너머에서 묵직한 발소리가 들려왔다.

거구로 유명한 황보세가답게 단순한 뜀박질임에도 말발굽
과 비슷한 소리가 났던 것이다.

"이게 무슨 짓이냐!"

소식이 전해진 것인지 황보굉이 붉으락푸르락한 얼굴로

두 눈을 부라리며 달려왔다.

그리고 그 뒤로 수십 명의 무사들이 모습을 드러냈다.

마치 압박이라도 하겠다는 듯이 살벌한 기세를 풍기면서 말이다.

하지만 그런 그들의 노력에도 석진호는 물론이고 북궁혁은 콧방귀도 뀌지 않았다.

"네 아비 불러와."

"허!"

황보굉이 콧김을 내뿜었다.

어처구니가 없어 웃음이 나올 지경이었다.

"직접 들을 말이 있으니."

"역시 천한 출신은 어쩔 수가 없……!"

황보굉은 말을 끝까지 내뱉을 수 없었다.

어느 순간 움직인 팽무건의 도가 그의 안면을 후려쳤던 것이다.

거패도의 도 면으로 때렸기에 죽지는 않았지만 얼굴이 순식간에 피투성이로 변했다.

"거참 시끄럽네. 시키면 시키는 대로 할 것이지."

"팽무건! 전쟁을 하자는 것이냐!"

"전쟁은 그쪽이 하고 싶어 하는 것 같은데. 우린 대화를 하러 왔다고."

거침없이 거패도를 휘두른 팽무건이 대화라는 두 글자를

강조했다.

그러나 지켜보고 있던 모두가 알았다. 입가에 띤 미소의 의미는 말과 전혀 다르다는 사실을 말이다.

"모두 멈춰라!"

나자빠지고 피를 흘리기는 했어도 충격은 그리 크지 않았다.

워낙 튼튼한 몸이기에 생채기가 난 수준에 불과했다.

팽무건이 진기를 싣지 않기도 했고.

하지만 그는 마음먹은 대로 달려들지 못했다.

"가주님!"

석진호의 등장 때문인지 아니면 소란 때문인지, 황보궁이 모습을 드러냈던 것이다.

몇 남지 않은 장로들과 함께 걸어 나온 황보궁은 서릿발 같은 기세를 풍기며 장내를 훑었다.

그러다가 쌍코피를 줄줄 흘리고 있는 황보굉을 보고는 두 눈을 부릅떴다.

장차 황보세가의 주인이 될 아들이 피 흘리고 있는 모습을 보자 진노했던 것이다.

"이제야 나왔군."

"네놈이 그랬느냐?"

"내가 손을 썼으면 저렇게 못 서 있지."

황보궁의 눈썹이 꿈틀거렸다.

이제야 석진호가 자신에게 반말을 하고 있음을 느낀 것이었다.

"자리가 사람을 변하게 만든다더니, 딱 그 꼴이로군. 이제는 막 나가겠다는 건가?"

"정확하게는 그쪽이 날 이렇게 만들었지. 진주언가랑 재미있는 짓을 하고 있던데?"

"그게 뭐?"

황보궁은 시치미를 뗐다.

한 짓이 있지만 그걸로 전쟁을 일으키기에는 명분이 약했다.

"뭐 자기 생각을 떠드는 거야 누구나 할 수 있지."

"맞아."

"근데 두 가지를 간과했어. 하나는 산동악가가 우리의 동맹이라는 것이고, 다른 하나는 내가 성격이 썩 좋지 못하다는 점이지."

히죽 웃던 황보궁의 표정이 삽시간에 변했다.

석진호의 손짓 한 번에 담벼락 한쪽이 폭삭 무너졌다.

하지만 그건 시작에 불과했다.

"마, 막아라!"

"이게 무슨 짓이오!"

갑작스러운 행패에 황보세가의 무사들이 식겁하며 소리쳤다.

武人還生
무인환생

그러나 석진호는 여전히 웃는 얼굴로 왼손을 휘둘렀다.

콰아아앙!

석진호의 손짓 한 번에 백여 명의 무사들이 튕겼다.

어느 누구도 석진호의 장강을 감당해 내지 못했던 것이다.

그런데 부상당한 사람은 많아도 죽은 사람은 없었다.

딱 전투 불능의 상태로만 만든 모습에 황보궁이 식은땀을 흘렸다.

"원래는 해명을 들어 보려고 했는데, 그럴 필요가 없을 것 같아. 무림인데 대화는 무슨."

"이, 이러고도 무사할 줄 아느냐! 강호인들이 절대 이 일을 좌시하지 않을 것이다!"

두 다리가 후들후들 떨리는 마당에도 황보궁은 큰소리쳤다.

이번 사태는 모든 이들이 지탄을 해도 이상하지 않은 일이었다.

더욱이 천하제일인이 지닌 바 힘을 가지고 황보세가를 핍박한 것이었기에 황보궁은 피를 토하듯이 소리쳤다.

하지만 주위의 반응은 냉담했다.

"산동성이 역천마궁의 손에 넘어갈 때 냅다 도망친 작자가 할 말로는 안 보이는데. 심지어 마지막까지 남아서 악착같이 싸운 산동악가를 압박하고 핍박한 네놈이 말이지."

"말도 안 되는 소리! 본가 역시 역천마궁과 싸웠다!"

황보궁이 피를 토하듯이 소리쳤다.

그러나 먼저 석진호에게 달려들지는 않았다.

싸워 봤자 자신이 패배할 것임을 너무나 잘 알아서였다.

저벅저벅.

근데 석진호가 먼저 움직였다.

말에서 내린 그가 뒷짐을 지고서 황보궁에게 다가갔던 것이다.

슬금슬금!

그 모습에 황보궁은 자기도 모르게 뒷걸음질 쳤다.

몸이 본능적으로 물러났던 것이다.

"아, 아버지!"

그런 황보궁의 모습에 황보굉의 얼굴이 터질 것처럼 붉어졌다.

아버지가 저런 굴욕을 당하리라고는, 자신이 저런 광경을 보게 될 줄은 꿈에도 상상하지 못해서였다.

그러나 이건 시작에 불과했다.

퍼억!

여전히 뒷짐을 지고 있는 석진호는 오직 발만으로 황보궁을 짓밟았다.

물론 황보세가라는 거대한 무가의 주인인 만큼 황보궁도 순순히 당하고만 있지는 않았다.

황보세가가 자랑하는 모든 무공을 극성으로 펼치며 저항

했지만 안타깝게도 결과는 달라지지 않았다.

"꺼어억!"

황보세가를 오대세가의 일원으로 만들어 준 신공들은 석진호에게 단 하나도 통하지 않았다.

심지어 석진호는 초식도 펼치지 않았다.

그저 단순 무식하게 발길질만 했다.

한데 그런 석진호의 공격을 황보궁은 피하기는커녕 단 한 번도 막아 내지 못했다.

빠각!

비록 천하십대고수에 들지는 못해도 중원에서 가장 강한 무인 쉰 명을 뽑으면 능히 그 안에 들어갈 수 있는 고수가 황보궁이었다.

그런데 그 황보궁이 비참하게 짓밟히고 있었다.

"그, 그만! 제발 그만……!"

사정없이 몸 곳곳을 내려찍는 발길질에 황보궁이 피투성이가 된 얼굴로 힘겹게 입을 열었다.

하지만 석진호의 발길질은 멈추지 않았다.

뼈를 부러뜨리지 않는 선에서 가장 고통스럽게 그를 가격했던 것이다.

그것도 특유의 무표정한 얼굴로.

스스슥!

거기다 누구도 두 사람에게 끼어들지 못하도록 하북팽가

의 무사들이 주변을 포위했다.

다가오는 이들을 절대 가만히 놔두지 않겠다는 듯이 말이다.

"저럴 수가……."

그 모습에 황보세가의 정문으로 사람들이 구름처럼 모였다.

석진호가 황보세가를 찾아왔다는 소문이 삽시간에 퍼지며 구경꾼들이 모여든 것이었다.

그리고 다들 경악한 표정을 지었다.

석진호가 천하제일인이라는 사실은 알았지만 저렇게나 격차가 날 줄은 몰랐기에 다들 입을 다물지 못했다.

"개망신이네."

"근데 괜찮으려나. 다른 곳도 아니고 황보세가주에게 저런 치욕을 주었는데."

"안 괜찮을 건 뭐 있어? 당사자가 천하제일인인데. 그리고 황보세가주가 좀 건드렸어? 오히려 참는 게 더 말이 안 되지. 가만히 있으면 호구 되는 법이야."

"시원하기는 하다. 사실 아니꼬웠었는데. 도망친 주제에 이제 와서 산동성의 맹주 노릇 하려는 게 말이야."

"맞아."

황보궁이 처참하게 짓밟히고 있었음에도 지켜보는 사람들 중 누구도 안타까워하거나 안쓰러워하지 않았다.

무인환생

대부분이 잘 걸렸다는 표정이었다.

그 정도로 황보세가는 진주언가와 함께 온갖 횡포를 부렸다.

어떻게든 쥐고 있던 권력을 놓지 않겠다는 듯이 말이다.

"가, 가주님!"

"제발, 제발 멈춰 주십시오!"

"부탁드립니다!"

이제는 말도 하지 못하는 황보궁의 모습에 황보세가의 무사들과 장로들이 침통한 얼굴로 소리쳤다.

하지만 석진호는 듣지 못했다는 듯이 묵묵히 하던 행동을 계속했다.

그러자 장로들이 팽무건에게 매달렸다.

같은 오대세가인 만큼 그에게 도움을 청했던 것이다.

"패, 팽 소협!"

"제발 석 대협 좀 말려 주게!"

"우리가 잘못했네! 그동안 저질렀던 모든 행동들에 대해서 사과하겠네! 공표를 원한다면 그리하겠네! 그러니 제발 좀 말려 주게!"

석진호는 어려웠지만 팽무건은 아니었다.

다른 오대세가와 비교적 가까웠기에 교류도 상당히 많았다.

공통점도 상당히 많아 과거부터 좋은 관계를 이어 온 곳이 하북팽가였다.

그렇기에 장로들과 무사들은 팽무건이 매정하게 거절하지는 않을 거라고 생각했다.

"못 합니다."

"어?"

"제가 뭐라고 천하제일고수를 말린단 말입니까. 불가능합니다."

"허어!"

단호하게 고개를 젓는 팽무건의 모습에 여기저기에서 장탄식이 흘러나왔다.

그중 몇몇은 아예 바닥에 주저앉기까지 했다.

'더 강경하게 말렸어야 했는데……!'

장로 중 한 명인 황보경우가 두 눈을 질끈 감았다.

가주를 더 강하게 말리지 못한 자신을 탓했던 것이다.

사실 그는 이 사태를 어느 정도는 예견했었다.

세간에 알려진 석진호가 속세의 일에 딱히 관심을 가지지 않는다고 하나 그게 꼭 관대함을 뜻하는 건 아니었다.

오히려 황보경우는 힘이 있음에도 웅크리고 있는 석진호를 더욱 두려워했다.

이런 유형의 인간은 쉽게 움직이지는 않지만 한번 움직이면 천하가 들썩일 정도로 큰일이 벌어졌다.

그래서 그는 마지막까지 황보궁을 만류했었다.

무인환생

'하지만 후회는 아무리 빨리해도 늦는 법이지…….'

황보궁의 마음을 모르는 건 아니었다.

가문의 힘은 예전 같지 않고 산동악가는 하북성의 석가장, 석풍표국, 하북팽가와 동맹을 맺으며 산동성을 끝까지 지켜 냈다.

그뿐만 아니라 황보세가에 비하면 피해도 그리 크지 않았다.

거기다 백리세가와 모용세가가 합쳐질 가능성이 크니 초조함을 느끼는 게 당연했다.

잃은 전력을 회복하려면 시간이 필요한데 아래에서 무섭게 치고 올라오니 조급할 수밖에.

하나 그렇다고 다른 이를 깎아내리고 찍어 눌러서는 안 되었다.

─석진호가 올 수도 있겠지. 그런데? 와서 따지기밖에 더하겠어? 소문은 잡아떼면 돼. 실제로 내가 그런 말을 한 적도 없고. 그러니 제아무리 천하제일인이라고 해도 뭘 할 수 있겠어? 명분도 약하고. 그리고 우리 곁에는 오대세가와 구파일방이 있어. 제아무리 날뛰어 봤자 혼자일 뿐이지.

황보경우의 귓가로 과거 가주가 내뱉었던 호언장담이 들렸다.

그러나 결과는 그 말과 너무나 달랐다.

'견제가 아니라 친분을 쌓았어야 했는데…….'

황보궁의 심정을 그리고 모르지 않았다.

그 역시 한 명의 무인이었으니까.

하지만 아무리 자존심이 상하고 산동성에서의 영향력을 놓치고 싶지 않았어도 이건 아니었다.

자기 주제에 맞지 않는 욕심은 늘 화를 부르는 법이었다.

툭.

거기까지 생각했을 때 끝나지 않을 것만 같았던 폭행이 멈췄다.

때리는 소리가 더 이상 들리지 않았던 것이다.

그에 황보경우는 조심스레 두 눈을 떴다.

크르르르.

그의 눈에 가장 먼저 들어온 광경은 게거품을 문 채 대(大)자로 뻗어 있는 가주의 모습이었다.

그리고 그 앞에는 여전히 뒷짐을 지고 있는 상태인 석진호가 있었다.

아까와 마찬가지로 싸늘한 눈빛을 흩뿌리면서 말이다.

꿀꺽!

오직 두 다리만으로 황보세가의 가주를 때려눕힌 석진호의 모습에 황보경우는 물론이고 황보세가의 모든 무인들이 고개를 숙였다.

무인환생

석진호의 전신에서 흘러나오는 절대자의 기세에 감히 마주 볼 엄두가 나지 않았던 것이다.

"오늘 일에 불만이 있다면, 복수하고 싶다면 언제라도 승천무관에 와서 나를 찾아라. 하지만 그때도 오늘과 같을 거라 생각하지는 마라. 경고는 한 번뿐이다."

"으음!"

황보경우를 비롯한 황보세가의 무인들이 본능적으로 목을 쓰다듬었다.

이상하게 목에서 서늘한 감각이 느껴져서였다.

그러나 그건 착각이 아니었다.

모두가 똑같은 행동을 하고 있다는 사실에 하나같이 안색이 해쓱해졌다.

스윽.

짧은 한마디를 남기고 석진호는 몸을 돌렸다.

나타났을 때와 마찬가지로 여유롭게 돌아갔던 것이다.

그러나 석진호의 등이 훤히 보였음에도 누구 하나 달려들지 못했다. 오히려 그의 모습이 보이지 않을 때까지 다들 석상이라도 된 것처럼 얼어 있었다.

원래는 하북성 안평 인근의 진주가 터였으나 하북팽가와

석가장의 위세가 워낙에 강력해 산동성 양곡현으로 위치를 옮긴 진주언가는 이른 아침부터 시끄러웠다.

어제 급보로 전해진 소식이 진주언가를 크게 들썩였던 것이다.

"왜 아무 연락이 없는 거야!"

진주언가의 가주 언장욱이 입술을 깨물며 제자리를 왔다 갔다 했다.

그 정도로 그는 지금 다급했다.

황보궁을 두들겨 팬 석진호가 이곳을 향해 오고 있었기에 그는 밤새 한숨도 자지 못했다.

석진호가 이곳에 오는 이유가 뻔했기에 잠을 잘 수가 없었다.

"가주님."

"여, 연락 왔느냐?"

문 너머에서 들리는 수하의 목소리에 언장욱이 잔뜩 기대한 표정을 지었다.

지금 오고 있는 석진호를 만류하기 위해서는 반드시 그들의 도움이 필요했다.

더구나 황보세가라는 선례가 있는 만큼, 오랜 세월 함께해 온 의리와 정을 무시하지는 않을 터였다.

"죄송합니다. 아직 답신이 온 곳은 없습니다, 가주님."

"뭐라고? 단 한 곳도?"

무인환생

"……예."

보고하기 위해 안으로 들어온 수하는 자신이 잘못한 것이 아님에도 고개를 들지 못했다.

언장욱이 얼마나 답신을 기다리고 있는지 너무나 잘 알아서였다.

"허어!"

깊은 탄식과 함께 언장욱이 두 눈을 질끈 감았다.

사실 황보세가가 허무하게 당한 순간부터 이런 상황을 어느 정도 예상하기는 했다.

아무리 뜻을 함께하기로 했다지만 결국 중요한 것은 자신의 가문이었다.

당장 그만 하더라도 황보세가의 가주인 황보궁이 백주 대낮에 치욕을 당했음에도 복수는 생각지도 않고 있었다.

'그래도……! 그래도 어찌!'

이해는 되었다.

하지만 섭섭한 것도 사실이었다.

뜻을 함께할 때는 그렇게 서로를 챙겨 주던 이들이 석진호가 나타나자 하나같이 몸을 사렸다.

같이 싸우자는 것도 아니고, 힘을 모아 중재를 부탁하는 것뿐인데도 말이다.

"……개방은?"

산동성의 동지들이 몸을 돌렸다면 이제 믿을 수 있는 곳은 구파일방과 오대세가뿐이었다.

그중에서도 가장 가까운 곳이 세 곳 있었는데 개방은 풍절도 있을뿐더러 연락이 가장 빨리 되는 곳이었기에 언장욱은 한 가닥 기대를 품고서 수하에게 물었다.

"마찬가지입니다. 아직까지 따로 답신이 없습니다."

"연락이 안 닿았을 리가 없을 텐데."

"예."

언장욱의 한숨이 깊어졌다.

동시에 말수 역시 줄어들었다.

"가주님!"

그때 다급한 기색이 가득한 목소리가 들려왔다.

좋은 소식이라기보다는 왠지 모르게 불안감이 느껴지는 다른 수하의 목소리에 언장욱은 심장이 덜컥 내려앉았다.

"무, 무슨 일이냐?"

"거래처들이 갑자기 계약을 해지하고 있습니다. 하온데 그런 곳들이 한두 군데가 아닙니다!"

"뭐라?"

언장욱이 두 눈을 껌뻑거렸다.

순간 이게 무슨 소리인가 싶어서였다.

"아무래도 석가장이 나선 것 같습니다, 가주님."

"으음!"

언장욱이 침음을 흘렸다.

한두 곳도 아니고 거래처들이 단체로 돌아섰다면 수하의 말대로 석가장이 나섰을 가능성이 컸다.

자금줄을 틀어막는 건 석가장의 특기이기도 했고, 진주언가 정도의 가문을 그렇게 할 수 있는 곳은 중원에서 석가장이 유일했다.

다만 예전에는 할 수 있음에도 하지 않았다면 지금은 달랐다.

'천룡검제를 믿는 것이겠지.'

황보세가를 짓밟은 석진호가 바로 그 석가장 출신이었다.

대외적으로는 딱히 깊은 관계가 아니라고 하나 그래도 혈육이었다.

게다가 산동악가를 건드린 순간부터 예견된 일이기도 했다.

"……저기, 가주님."

"말해라."

악화일로로 치달아 가는 상황에 언장욱이 연거푸 한숨을 내쉴 때, 처음 보고하러 들어왔던 수하가 무거운 어조로 그를 불렀다.

목소리만 들어도 안 좋은 소식이 들어왔음을 짐작할 수 있었기에 언장욱은 각오를 하고서 눈을 떴다.

"소림사와 남궁세가에서 답신이 왔습니다. 그런데, 본가와 천룡검제의 일에 끼어들고 싶지 않다고 합니다."

"……미친."

언장욱은 자기도 모르게 욕설이 나왔다.

그 정도로 그는 작금의 상황이 당혹스러웠다.

아무리 석진호가 천하제일인이라고 하나 소림사와 남궁세가였다.

무림의 역사라고 해도 다름없는 대문파와 대가문이 석진호 한 명에게 꼬리를 말자 그는 믿기지가 않았다.

"또한 본가와 황보세가가 독단적으로 저지른 일이니만큼 책임도 알아서 지랍니다."

"하하하!"

그야말로 완벽하게 선을 긋는 소림사와 남궁세가의 답신에 언장욱은 웃음만 나왔다.

하지만 그의 눈은 조금도 웃고 있지 않았다.

대신 머리가 팽팽 돌아갔다.

소림사와 개방, 남궁세가의 중재를 받을 수 없다면 이제 남은 선택지는 하나뿐이었다.

우우우웅!

언장욱이 마음의 결정을 내린 순간 무지막지한 기파가 진주언가를 관통했다.

자신이 도착했음을 기도로 알려 왔던 것이다.

그러자 앞에 있던 수하 두 명의 안색이 창백하게 변했다.

단지 기운이 흩뿌려진 것뿐인데도 둘은 공포에 휩싸인 표

무인환생

정이었다.

"가, 가주님."

"천하제일인이 온 모양이야."

떨리는 목소리로 입을 떼는 수하를 보며 나지막하게 한숨을 내쉰 언장욱이 몸을 일으켰다.

그러고는 어깨를 축 늘어뜨리고서 집무실을 나섰다.

자신을 부르는 것임을 알았기에 그는 힘없는 발걸음으로 정문을 향해 이동했다.

"진주언가가 황보세가보다 위세가 더 큰 곳이었나?"

"그럴 리가. 다 구경꾼이야. 황보세가처럼 깽판 칠 줄 알고 구경 온 거지."

"참 할 일도 없다."

진주언가 정문 근처에 삼삼오오 모여 있는 사람들을 보며 북궁혁이 혀를 찼다.

아무리 싸움 구경이 재미있다지만 몰려도 너무 많이 몰린 것 같아서였다.

"나하고 상관없는 싸움이니까. 네 말마따나 제일 재미있는 구경거리가 불구경이랑 싸움 구경이니까."

"겸사겸사 너도 보고 말이지."

"널 보고 싶어 하는 이들도 좀 있을걸."

"하긴. 현재 후기지수 중에서는 가장 유명한 세 사람 중 한 명이니까."

북궁혁이 어깨를 으쓱거렸다.

거만함이 잔뜩 들어간 양쪽 어깨였으나 사실이기도 했다.

그를 포함한 삼괴는 누가 뭐래도 현재 중원무림에서 가장 뛰어난 후기지수였으니까.

"자, 자! 잠시만 기다려 주십시오! 안에 기별을 넣겠습니다!"

한편 석진호의 등장에 정문 위사는 해쓱해진 얼굴로 다급하게 소리쳤다.

황보세가에서 석진호가 어떤 깽판을 쳤는지 너무나 자세히 알려졌기에 정문 위사는 감히 석진호를 향해 창을 내밀지 않았다.

대신 최대한 공손하게 말했다.

가주로부터 직접 이렇게 하라는 지침이 하달되기도 했고.

파바밧!

동료가 설명하기 무섭게 다른 한 명의 정문 위사가 번개같이 몸을 날렸다.

직접 상부에 보고하기 위해서였다.

꿀꺽!

혼자 남은 정문 위사가 마른침을 삼켰다.

그러나 그는 그 사실을 인지하지 못했다.

천하제일인이라 불리는 석진호가 눈앞에 있다는 사실에

무인환생

정문 위사는 멍한 얼굴로 쳐다봤다.

자칫 잘못하면 사신으로 변할 수 있지만 그래도 한 가닥 믿는 바가 있었다.

'죽이진 않았으니까.'

황보세가를 뒤집어 놓기는 했어도 석진호는 단 한 명도 죽이지 않았다.

말 그대로 완벽한 제압.

압도적인 실력 차가 아니라면 불가능한 그 짓을, 그것도 오대세가 중 한 곳인 황보세가를 상대로 석진호는 보여 주었다.

물론 황보세가와 진주언가는 달랐기에 석진호가 다른 결정을 내릴 수도 있겠지만 그래도 함부로 살상을 하지 않는 편이었기에 최악의 상황은 면할 수 있을 거라 생각했다.

'이 사람이 천하제일인⋯⋯.'

무림에서 살아가는 모든 무인들이 꿈꾸는 위치.

천하에서 단 한 명만 오를 수 있는 그 권좌에 앉아 있는 게 바로 눈앞에 있는 석진호였다.

그래서인지 잠시 뒤면 싸워야 할지도 모르는 상황임에도 정문 위사는 몽롱한 눈으로 석진호를 쳐다봤다.

나이를 먹을 만큼 먹었고, 고작해야 문지기였지만 그 역시 처음 창을 잡을 때는 꿈이 있었다.

천하제일창, 그리고 천하제일인이 되겠다는 포부를 가졌

었다.

그러나 그 꿈은 그저 꿈으로 끝났다.

"비켜라!"

이제는 그저 하루하루 살아가기만 하는 문지기의 상념이 끝나 갈 때 안쪽에서 익숙한 목소리가 들려왔다.

바로 진주언가주, 언장욱의 목소리였다.

거의 모든 병력을 데려왔는지 그를 따르는 무인들의 숫자가 상당히 많았다.

하지만 어디에서도 전의나 투지는 느껴지지 않았다.

스스슥!

진주언가 무인들이 모조리 나온 듯한 모습에 하북팽가의 무사들도 움직였다.

언제라도 전투를 치를 수 있게 삼엄한 눈빛을 뿌리며 순식간에 진영을 구축했던 것이다.

"아닙니다! 저는 싸울 생각이 없습니다!"

그런 하북팽가 무사들의 모습에 언장욱이 황급히 손을 흔들었다.

동시에 등 뒤로 수신호를 보냈다.

병장기를 절대 꺼내지 말라는 지시를 내렸던 것이다.

"싸울 생각이 없다라."

"예! 전혀 없습니다, 석 대협!"

언장욱은 한참이나 어린 석진호를 향해 조금의 망설임도

무인환생

없이 존대를 했다.

어쭙잖게 자존심을 세우지 않았던 것이다.

강호가 배분을 중요시한다고 하나 결국 무림은 강자존의 절대 법칙이 존재하는 세계였다.

그런 세계에서 살아남으려면 강자가 되거나 처세술이 뛰어나야 했다.

"호오."

말 그대로 체면도 잊고 납작 수그리는 언장욱의 모습에 석진호는 의외라는 표정을 지었다.

그가 예상하기로는 황보세가와 크게 다르지 않을 거라 생각했다.

그런데 막상 와 보니 반응이 완전 달랐다.

"석 대협을 공격할 뜻이 없다는 걸 보여 드리기 위해 데려온 것뿐입니다. 저는 정말로 석 대협과 싸울 마음도, 저항할 생각도 없습니다. 그저 정식으로 사과하기 위해 나온 것뿐입니다."

"사과를 하겠다고?"

"그렇습니다. 제가 황보세가의 꼬드김에 넘어가 잠시 눈이 멀었습니다. 숭산에서 석 대협의 고결한 전투를 두 눈으로 직접 봤음에도 감사함을 잊었습니다. 정말 죄송합니다!"

한 가문의 수장임에도 언장욱은 조금의 부끄러움도 없다는 듯이 연신 고개를 숙였다.

지금 이 순간이 황보궁이 되느냐 아니면 사지 멀쩡하게 방으로 돌아갈 수 있으냐가 결정되는 기점이었기에 언장욱은 말만 하면 오체투지라도 하겠다는 듯이 연신 자신의 잘못을 빌었다.

 그러면서 은근슬쩍 여지를 두었다.

 황보세가에서 승천무관으로 언제든지 갈아탈 수 있다는 듯이 말했던 것이다.

 '황보세가는 침몰하는 배다. 소림사와 남궁세가가 괜히 발을 뺀 게 아닐 터. 분명 우리가 모르는 무언가를 두 곳은 알고 있을 거다. 개방 역시 마찬가지고. 반면에 승천무관은 떠오르는 태양이지. 더구나 하북성은 진즉에 발아래에 놓았고.'

 언장욱의 머리가 비상하게 돌아갔다.

 석가장이 눈치 보지 않고 막 나갈 수 있는 건 석진호라는 존재 덕분이었다.

 당대의 천하제일인이 뒤에 있는데 무엇이 무서울까. 그리고 그 떡고물은 산동악가 역시 꽤나 주워 먹을 터였다.

 '지금이라도 갈아타야 해. 황보세가와 같이 추락할 수는 없다.'

 죽은 이가 단 한 명도 없다지만 향후 황보세가의 미래는 명확했다.

 석진호가 천하제일인으로 존재하는 한 황보세가는 절대 과거만큼의 위세를 떨치지 못할 게 분명했다.

그렇다면 답은 간단했다.

힘이 있는 곳에 줄을 대야 했다.

"내가 들은 내용하고는 너무 다른데. 나이 어린 놈이 실력만 믿고 제멋대로 날뛴다고 말했다면서?"

"아, 아닙니다! 절대 그렇지 않습니다! 전부 헛소문입니다!"

언장욱이 기겁하며 격렬하게 양손을 휘저었다.

절대 그런 적 없다는 듯이 극렬하게 부정했던 것이다.

"어쨌든 말이 통해서 다행이군. 여기도 다 때려 부숴야 하나 싶었는데."

꿀꺽!

아무렇지 않게 말하는 게 언장욱은 너무나 섬뜩하게 다가왔다.

진주언가 정도는 언제라도 지워 버릴 수 있다는 말로 들려서였다.

실제로 지금까지 석진호가 보여 준 무위라면 충분히 가능하기도 했고.

석진호 정도의 고수에게 숫자는 아무런 의미가 없었다.

'그 무시무시한 마물조차 단 두 번의 검격을 막지 못하고 뒈졌었지…….'

제71장 인생은 자업자득

말로만 듣는 것하고 직접 겪어 보는 건 차이가 컸다.

그걸 언장욱은 숭산에서 절절하게 느꼈다.

어째서 흡정마공이 금공(禁功)이라 불리는지, 흡정마인이 나타나면 전 무림이 공포에 빠지는지 지난번 일로 확실하게 깨달았다.

그런데 그 무지막지한 마물을 쓰러뜨린 게 눈앞에 있는 석진호였다.

심지어 석진호는 크게 힘을 쓰지도 않았다.

너무나 간단히 역천마궁주를 도륙했다.

'내가 미쳤지. 내가 감히 가늠하고 예측할 수 있는 인물이 아닌데…….'

예상은 말 그대로 예상일 뿐이었다.

더구나 그에게 감언이설 했던 황보궁이나 공동파의 장문인은 석진호에 대해 잘 알지도 못했다.

그런데 욕심에 눈이 멀어, 지금까지의 행보만을 생각하며 일을 벌였다.

으득!

황보궁과 공동파를 생각하며 언장욱이 이를 갈았다.

하지만 지금은 분노하고 있을 때가 아니었다.

지금이라도 어떻게든 끈을 만들어야 했다.

앞으로의 강호는 석진호의 주도하에 흘러갈 게 분명했으니까.

"사과의 의미로 연회를 준비했습니다. 제남에서 이곳으로 바로 오셨을 텐데 오늘 하루는 본가에서 여독을 풀고 가시죠. 제가 제대로 모시겠습니다."

위기는 곧 기회라는 말처럼 언장욱은 이 만남을 기회로 만들 생각이었다.

비록 첫 단추를 잘못 꿰기는 했으나 결국 인간관계였다.

자신이 이렇게나 납작 엎드린다면 제아무리 석진호라도 막 나갈 수 없었다.

일단 목숨이 보장되어 있기도 했고.

"거절하지. 사과를 받았다고 불편한 게 사라지는 건 아니니까."

무인환생

"그, 그렇지요."

여지를 절대 주지 않는 단호한 말에 언장욱이 어색하게 웃었다.

역시 쉽게 넘어오지 않는다고 생각하면서 말이다.

하지만 이게 당연했다.

석진호도 사람이었고, 앙금이 없을 리가 없었다.

"황보세가에서도 말했지만, 경고는 한 번뿐이다."

"무, 물론입죠."

언장욱은 연신 허리를 숙였다.

지켜보는 이들이 상당히 많았지만 그는 조금도 부끄러워하지 않았다.

가문을 지킬 수 있다면, 전력을 보전할 수 있다면 이 정도 굴욕은 얼마든지 받아들일 수 있었다.

결국 중요한 건 살아남는 것이었다.

다그닥다그닥.

진주언가로 향했던 말 머리가 북쪽으로 돌아갔다.

언장욱의 빠른 결단으로 인해 충돌 없이 상황이 종료된 것이었다.

"조심히 가십시오!"

서서히 멀어지는 석진호 일행을 향해 언장욱이 깍듯하게 허리를 숙였다.

그리고 그건 진주언가의 모든 사람들도 마찬가지였다.

다들 죽다 살아난 듯한 얼굴로 석진호 일행을 배웅했다.

'사, 살았다! 무사히 지나갔어!'

여전히 허리를 숙인 채로 언장욱이 안도의 한숨을 내쉬었다.

오늘의 일로 인해 진주언가의 위신은 땅에 떨어지겠지만 중요한 건 위기를 무사히 모면했다는 점이었다.

'명예는 다시 세우면 된다! 중요한 건 본가의 전력이 무사하다는 것! 어?'

한동안 오늘의 굴욕이 세간에 떠돌겠지만 그건 그에게 중요치 않았다.

많은 이들이 손가락질하고 비웃겠지만 정작 그의 앞에서 그럴 수 있는 이들은 얼마 없을 터였다.

소림사와 무당파마저도 소실된 전력을 복구하기 위해 정신없는 마당에.

근데 그 순간 언장욱은 한 가지 사실을 깨달았다.

'잠깐만. 이거 잘하면 집어삼킬 수 있겠는데?'

허리를 편 언장욱의 두 눈이 초롱초롱하게 빛났다.

석진호라는 기회는 놓쳤지만 다른 기회가 그의 눈앞에 있었다.

대부분의 전투 인원이 중상을 입어 침상에 쓰러져 있는 황보세가와 달리 진주언가는 전력을 고스란히 보전한 상태였다.

즉, 현재 전력만 생각하면 황보세가보다 우위에 있었다.

'석가장과 산동악가와 손을 잡는다면 황보세가를 끌어내리는 것도 불가능하지만은 않아.'

누가 뭐래도 현재 산동무림에서 가장 큰 지지를 받는 곳은 산동악가였다.

하북성과 연계해 역천마궁을 몰아내는 데 가장 큰 역할을 해서였다.

게다가 산동악가의 뒤에는 방금 왔다 간 석진호가 있는 만큼 석가장과 산동악가와 손을 잡는 것도 나쁘지 않았다.

"굳이 같이 침몰할 필요는 없지."

"예?"

뒤에 있던 총관이 허리를 펴며 의아한 표정을 지었다.

무슨 말인지 알 수가 없어서였다.

"석가장과 산동악가에 은밀하게 연락해. 자리를 만들어 봐야겠어."

"알겠습니다."

언제 굽실거렸냐는 듯이 한 가문의 수장다운 모습으로 돌아온 언장욱이 두 눈을 형형하게 빛냈다.

그러자 총관 역시 진지해진 얼굴로 고개를 숙였다.

말을 타고 가던 북궁혁이 키득거렸다.

그 모습에 석진호가 고개를 돌렸다.

"왜 그래?"

"천이가 네 마음을 알아주어야 할 텐데."

"무슨 소리야?"

"시치미 떼긴. 굳이 산동성까지 온 이유가 모용세가 때문 아니야?"

북궁혁이 다 알고 있다는 표정을 지었다.

그것 말고는 석진호의 행보를 설명할 수 없어서였다.

물론 괘씸한 것도 있긴 하지만 굳이 석진호가 직접 찾아올 필요는 없었다.

예전이었다면 모르겠으나 지금은 석진호가 사용할 수 있는 패가 많았다.

'당장 저 할아버지만 보내도 황보세가 정도는 순식간에 아작 낼 수 있으니까.'

시종일관 무표정한 얼굴로, 오직 석진호의 호위에만 신경 쓴다는 듯이 서 있는 엄유강을 북궁혁은 힐끔거렸다.

석진호에 가려져 있어서 그렇지 엄유강 역시 무시무시한 강자였다.

심지어 엄유강은 알려지지도 않았다.

'초월경의 고수가 기습한다면, 남궁세가나 사천당가라도 못 버틸 거 같은데.'

검왕과 명왕이 있다고 하나 둘 다 초월경의 고수는 아니었다.

무인환생

근접해 있기는 하나 딱 한 걸음을 놔두고 있는 상태랄까.

그런데 그 한 발자국의 차이가 어마어마했다.

하늘과 땅 차이라 해도 과언이 아닐 정도로 말이다.

"내 체면 문제도 있고, 본보기가 한 번은 있어야 하니까. 그래야 더 이상 나대지 않을 거 아냐."

"일석이조를 노렸다?"

"꼭 그렇다기보다는 겸사겸사지."

"아니라고는 말 안 하네."

북궁혁이 히죽 웃었다.

아닌 척하지만 은근히 다정한 게 석진호였다.

"정확하게는 그래야 나중에 편할 것 같아서. 내 선까지 안 올 거 아냐."

"저에게 말씀해 주십시오. 언제라도, 어디라도 다녀오겠습니다."

조용히 대화를 듣고 있던 엄유강이 입을 열었다.

지시만 내린다면 당장이라도 움직이겠다는 듯이 말이다.

"곡주가 나서면 재앙이야."

"그건 너도 마찬가지인 것 같은데."

북궁혁이 어이없다는 표정을 지었다.

황보세가를 박살 내고 진주언가를 무릎 꿇린 석진호가 할 말은 아닌 것 같아서였다.

"난 명분이 있잖아. 내가 괜히 그랬어? 먼저 건든 건 저놈들이야."

"뭐, 그렇긴 하지."

"그리고 진짜 이유는 따로 있어."

"어?"

북궁혁은 물론이고 정마룡과 팽무건도 두 눈을 크게 떴다.

이런 말은 들은 적이 없어서였다.

"이왕 밖에 나온 김에 잘 놀다 가야지. 안 그래?"

"물론이죠! 지역마다 특색 있는 음식들이 얼마나 많은데
요!"

"식도락이라는 말이 괜히 있는 게 아니니까."

마차 밖으로 고개를 내민 소하정을 바라보며 석진호가 웃
었다.

그러나 다른 이들은 황당하다는 표정이었다.

황보세가나 진주언가는 안중에도 없는 것 같아서였다.

'짜증 나기는 하지만 그럴 자격은 충분하니까.'

재수 없지만 인정할 수밖에 없다고나 할까.

그런데 그건 팽무건도 마찬가지인 듯 연신 헛웃음을 흘렸
다.

❦

콰앙!

"젠장!"

공동파의 장문인 곽율기는 거칠게 책상을 내려찍었다.

뜻을 함께하기로 했던 황보세가가 박살 나고 진주언가가 배신했다는 소식에 그의 얼굴이 시뻘겋게 달아올랐다.

하지만 그것보다 더 화가 나는 건 아무런 반응을 보이지 않는 구파일방과 오대세가였다.

오랜 역사를 함께한 만큼 구파일방과 오대세가 간에는 끈끈한 유대감이 있었다.

그런데 지금 곽율기는 그 유대감을 느낄 수가 없었다.

오히려 배신감만 더욱 커져 갔다.

"도대체 어째서 나서지 않는 거지?"

쾅!

곽율기가 다시 한번 책상을 내리쳤다.

그러자 금이 쩌저적 갔지만 정작 곽율기는 그것을 느끼지 못했다.

대신 머릿속에 의문만 계속해서 이어졌다.

그로서는 도저히 지금의 상황이 이해되지 않았다.

"왜! 어째서 두고만 보고 있는 거지?"

구대문파 중 대부분이 불가와 도가에 뿌리를 두고 있다 하지만 결국 문파도 사람이 사는 곳이었다.

그런 만큼 정치가 없을 수가 없었다.

다만 그걸 대놓고 티를 내지 않을 뿐.

즉, 구대문파 입장에서 석진호는 껄끄러울 수밖에 없는 존재였다.

지금의 구조를 뒤흔들어 버릴 수 있으니까.

차라리 아예 혼자였다면 상관없겠으나 석진호에게는 석가장을 비롯해서 많은 세력이 있었다.

"밥그릇을 빼앗길 수도 있는데 가만히 있는다고? 하!"

중원무림은 구파일방과 오대세가가 주도해 왔다.

그런데 거기에 새로운 세력이 추가된다면 누군가는 밀려날 수밖에 없다.

아니면 잡아먹히든지.

그걸 막기 위해 구파일방과 오대세가는 알게 모르게 견제하고 와해시켜 왔다.

현재 쥐고 있는 권력을 유지하기 위해서 말이다.

한데 지금은 그런 모습이 전혀 보이지 않았다.

심지어 공동파와 황보세가가 앞장섰음에도 불구하고 말이다.

"이해할 수가 없어."

곽율기가 심호흡을 했다.

하지만 한번 치솟은 분노는 좀처럼 가라앉을 기미를 보이지 않았다.

그래서인지 그를 중심으로 연신 기파가 사납게 일렁이고 있었다.

武人還生
무인환생

"무릇 모든 일에는 원인이 있는 법. 내가 모르는 게 있어."

역천마궁으로 인해 다들 큰 피해를 입은 만큼 여력이 없는 건 사실이었다.

하지만 반대로 그렇기에 더욱 똘똘 뭉쳐야 하는 게 맞았다.

그런데도 그리하지 않는다는 건, 무언가 이유가 있다는 뜻이었다.

"그걸 알아내야 해."

툭. 툭. 툭.

부리부리한 눈으로 곽율기가 중얼거렸다.

하지만 추측을 하기에는 그가 알고 있는 정보가 너무 적었다.

물어본다고 소림사나 개방에서 말해 줄 것 같지도 않았고 말이다.

"건방진 새끼들."

거기다 산동성과 마찬가지로 석가장 휘하의 상단들과 석풍표국이 대놓고 감숙성을 헤집고 있었다.

황보세가와 마찬가지로 공동파의 자금줄을 틀어막기 위해서였다.

예전이었다면 감히 시도하지도 못할 짓을 이제는 대놓고 하는 석가장의 행태에 곽율기가 이를 갈았다.

"이놈이고 저놈이고 하나같이 거슬리는 놈들만 있구나."

"스, 스승님!"

분노가 다시 한번 치솟으며 관자놀이가 지끈거렸다.

그런데 그때 문밖에서 제자의 다급한 목소리가 들려왔다.

"무슨 일이냐?"

"큰일, 큰일 났습니다!"

"천룡검제가 쳐들어왔느냐?"

순간 곽율기가 기겁한 표정을 지었다.

깎아내리긴 했으나 석진호의 실력은 진짜였다.

역천마궁주를 단순히 힘으로 찍어 누르던 석진호의 모습이 아직도 선명하기에 곽율기는 두려움을 감추지 못하며 물었다.

"아닙니다. 천룡검제는 승천무관으로 돌아갔습니다. 제가 보고드릴 건 서장무림에 대해서입니다."

"서장? 갑자기 서장은 왜?"

"개방에서 급보로 알려 준 소식인데, 포달랍궁을 중심으로 한 서장무림의 방파들이 청해성을 넘었다고 합니다. 그런데 향하는 방향이 감숙성입니다."

"뭐라!"

석진호가 오는 게 아니라는 말에 가까스로 표정을 가다듬었던 곽율기가 자리에서 벌떡 일어났다.

그 정도로 제자가 가져온 소식은 충격적이었다.

서장무림이 움직였다는 사실도 놀라운데 청해성을 관통해 감숙성으로 온다고 하자 곽율기의 머릿속에서 경종이 울렸다.

무인환생

"이유는 개방에서도 아직 파악하지 못하고 있습니다. 다만 감숙성을 향해 오는 건 확실하다고 합니다."

"어째서? 도대체 왜?"

"……그건 저도 잘 모르겠습니다."

털썩!

곽율기가 힘없이 자리에 앉았다.

그런 그의 눈동자는 공허했다.

청해성을 관통해 감숙성에 온다면 이유는 하나뿐이었다.

'본파를 노리는 거다.'

포달랍궁 한 곳이 아닌 서장무림이 움직인다면 그들이 노리는 것은 하나뿐이었다.

현재 중원무림의 상황을 생각한다면 그것밖에는 떠오르는 게 없었다.

다만 의문은 왜 하필 감숙성이냐는 것이었다.

서장과 맞닿아 있는 성은 무려 세 개나 있었다.

"사부님!"

"곤륜파는? 청해성을 넘고 있다면 곤륜파를 가만히 놔두지 않을 텐데?"

곽율기는 한 가닥 기대를 품었다.

변방 취급받는 성이 청해성이었으나 청해성은 넓었다.

감숙성보다 두 배 이상 클 정도로 말이다.

그리고 청해성에는 구대문파 중 한 곳인 곤륜파가 있었다.

"곤륜산으로 가는 병력은 전무하답니다. 전부 다 동쪽으로 이동 중이랍니다."

"허어!"

곽율기는 이해할 수 없다는 표정을 지었다.

곤륜파는 그저 그런 문파가 아닌, 당당히 구대문파의 한자리를 차지하고 있는 대문파였다.

또한 역천마궁이 일으킨 혈겁에서 가장 피해가 적은 문파이기도 하고.

그런데 그 곤륜파를 무시하고 감숙성으로 온다고 하니 이해가 가지 않았다.

"이유는 개방에서도 파악하지 못했답니다."

"……신경 쓰지 않는다는 건가."

"그보다, 지원을 요청해야 하지 않겠습니까?"

제자가 조심스럽게 입을 열었다.

갑작스러운 서장무림의 침공에 당혹스러운 건 사실이었으나 그보다 더 중요한 게 바로 대책 마련이었다.

이곳으로 오고 있다면 충돌은 피할 수 없었고, 그렇다면 최대한 대비를 해야 했다.

"그래야지. 우리 힘만으로 서장무림을 감당할 수는 없으니까. 일단 가장 먼저 화산파와 종남파에 전서응을 보내라. 우리가 당하면 다음 차례는 섬서성일 테니 가장 확실하게 지원군을 보내 줄 것이다. 그리고 감숙성 모든 무문들에게도 전서구를 보내라. 본산을 빼앗기는 건 한 번이면 족하다."

"알겠습니다."

제자가 입술을 깨물었다.

역천마궁에 의해 본산이 점령당했던 걸 떠올리는 모양이었다.

그래서인지 제자의 얼굴은 결연했다.

"시간이 없다. 서둘러!"

"예!"

제자가 집무실을 나가기 무섭게 곽율기 역시 빠르게 서신을 작성했다.

그런 그의 머릿속에는 더 이상 석진호는 없었다.

※

짧은 강호 유람을 마치고 승천무관으로 돌아온 석진호는 그간 밀린 업무를 차례대로 확인했다.

요녕성과 산동성을 다녀오니 어느새 봄이 성큼 다가와 있었으나 석진호는 변화하는 계절을 느낄 새가 없었다.

의외로 그가 신경 쓸 일이 많아서였다.

"흐음."

서류를 읽던 석진호가 창밖으로 걸어갔다.

그러자 요녕성에서 새로이 합류한 아이들이 기초 수련을

하는 게 눈에 들어왔다.

"슬슬 다음 단계로 넘어가도 되겠는데."

원래 있던 아이들은 이제 한 사람의 몫은 할 수 있을 정도로 성장했다.

거기다 요녕성에 다녀오면서 실전 역시 경험했기에 하루가 다르게 발전하는 중이었다.

더 이상 정마룡과 탁윤이 달라붙어 하나하나 가르치지 않아도 될 정도로 말이다.

가끔 헤맬 때 조언해 주는 정도만으로 충분할 정도로 성장한 아이들이 이제는 후배들의 기본을 잡아 주는 모습에 석진호가 입가에 미소를 지었다.

똑똑똑.

"관주님, 마룡입니다. 윤이와 같이 왔습니다."

"들어와."

이윽고 문이 열리며 얼떨떨한 표정의 정마룡과 탁윤이 집무실 안으로 들어왔다.

둘 다 갑작스러운 호출에 살짝 당황한 기색이었다.

"무슨 일이 생겼나요?"

"감숙성 쪽에 생기긴 했는데, 우리와는 상관없는 일이야."

석진호가 의미심장하게 웃었다.

그런데 그 미소가 탁윤과 정마룡에게는 왠지 서늘하게 느껴졌다.

무인환생

평소에 짓는 웃음과 똑같았는데도 말이다.

"감숙성요?"

"너희가 신경 쓸 건 없고. 일단 앉아."

"예."

그러려니 하는 탁윤과 달리 정마룡은 궁금한 기색을 드러냈지만 그렇다고 묻지는 않았다.

감숙성보다는 자신들을 호출한 게 더 중요하다고 생각해서였다.

"여유로우니까 적응이 안 되지?"

"예. 개인 수련 시간이 늘어난 건 좋은데, 뭐랄까 좀 붕 뜬 느낌입니다. 이제는 다들 알아서 잘하기도 하고요."

일 기 관도라 할 수 있는 아이들은 이제 궤도에 올랐다.

스스로 길을 찾아갈 정도로 말이다.

물론 아직 어리고, 배워야 할 게 많이 있지만 손이 많이 갈 시기는 확실하게 지났다.

"그래서 말인데, 수련생들을 맡아보는 건 어때?"

"수련생요?"

정마룡은 물론이고 탁윤도 눈을 동그랗게 떴다.

생각지도 못한 제안에 둘 다 놀란 것이었다.

"단기 속성 과정은 힘들겠지만 초보자들, 혹은 신입들이나 쟁자수들의 기본기를 잡아 줄 정도는 되잖아."

"그, 그렇긴 하죠."

"이런저런 부업으로 너희가 돈을 벌고는 있지만 그건 푼돈이고. 이제는 제대로 벌어야 하지 않겠어? 둘 다 이제 엄연히 절정 고수인데."

꿀꺽!

탁윤과 정마룡이 서로를 바라보며 침을 삼켰다.

당황스러우면서도 묘하게 기대가 되어서였다.

하인 출신이던 자신들이 수련생을 받아들여서 가르친다고 하자 둘 다 가슴이 두근거렸다.

"금액은 당연히 처음에는 그리 크지 않을 거야. 날 보조했다고는 하나, 너희가 증명한 건 아직 없으니까."

"괜찮을까요?"

"저희가 해도 될까요?"

정마룡과 탁윤이 조심스럽게 물었다.

둘 다 이제는 절정 고수가 되었지만 그럼에도 확신이 들지 않았다.

다른 사람을 가르칠 자격이 있나 하는 생각도 들었고.

"왜 안 된다고 생각하지?"

"어……."

"내가 대표로 가르치기는 했지. 하지만 지금의 아이들을 만들고 키운 건 너희다. 또한 단기 속성 과정에서 초일류 고수들과 가장 많이 대련한 게 너희고. 더구나 너희 두 사람에게는 상징성이 있다."

武人還生
무인환생

상징성이라는 단어에 두 사람이 눈을 빛냈다.

석진호가 무엇을 말하고자 하는지를 단박에 알아차린 것이었다.

"나와 마찬가지로 밑바닥에서부터 올라오지 않았느냐. 그 경험을 가지고 있는 사람은 별로 없다. 게다가 마륭이 너는 재능이 부족함에도 오직 노력만으로 지금의 경지까지 올라오지 않았느냐."

"……정확하게는 관주님의 가르침과 영약들의 힘이라고 생각합니다. 제가 열심히 노력하기는 했지만, 그것만으로는 절대 절정에 오르지 못했을 겁니다."

정마륭은 자기 주제를 잘 알았다.

또한 자신이 얼마나 운이 좋으며 많은 도움을 받았는지도 잘 알고 있었다.

그래서 어디를 가든 겸손한 모습을 보이려고 노력했고.

"물론 그건 맞지. 하지만 중요한 건 너의 현재다. 절정 고수가 기본기를 가르쳐 준다. 만약 석가장 시절의 너였다면 어떤 결정을 내리겠어?"

"평생 모은 돈을 가지고 찾아갔을 겁니다. 문전 박대를 당하더라도 일단은 찾아가겠지요."

"그런 마음가짐을 가진 이들이 올 거다. 물론 아닐 수도 있겠지. 하지만 그건 골라내면 되는 일이다. 내가 어떻게 일하는지 봤지?"

"예."

정마룡의 입가에 미소가 떠올랐다.

승천무관은 다른 무관과 달랐다.

돈만 내면 가르침을 받을 수 있는 다른 무관과 달리 승천무관은 계약서에 분명하게 명시했다.

지시에 따르지 않을 시 계약금을 받고 그대로 승천무관을 나간다고 말이다.

"판은 내가 만들어 주마. 그러니 너희는 걱정하지 말고 어떻게 가르칠 건지 연구해. 이미 알고 있겠지만 가르치면서 배우는 것도 분명히 있다. 또 알고 있던 게 새로이 다가오기도 하고. 제대로 가르치는 것도 중요하지만 그보다 더 중요한 건 스스로의 발전이라는 거 명심하고."

"알겠습니다!"

"너희도 이제 슬슬 장가 밑천 준비해야지."

진지함이 순식간에 사라지고 장난기가 서렸다.

그러자 정마룡과 탁윤도 웃었다.

"아직은 생각 없습니다. 이제 약관을 막 넘었는데요."

"저는 좋은 여자만 있다면 당장이라도……."

"뭐?"

정마룡이 화들짝 놀라며 탁윤을 쳐다봤다.

설마하니 이런 생각을 가지고 있을 줄은 몰라서였다.

"일찍 혼인하는 것도 나쁘지는 않을 것 같아서요. 지금도

무인환생

좋고 행복하지만 좋은 아빠, 멋진 아빠도 되고 싶어요."

"그것도 좋지."

석진호가 고개를 주억거렸다.

가정을 이뤄 안정적인 삶을 꾸리는 것 역시 나쁘지 않았
다.

특히나 탁윤 같은 경우 피부색이 다르다는 이유로 어려서
부터 심한 따돌림과 핍박을 받은 만큼 가족을 이루고 싶은
생각이 있는 게 당연했다.

"짜식! 벌써부터 여자를 밝힐 줄이야."

"그런 게 아니라 가정을 이루고 싶은 건데요."

"가정은 혼자 만드나? 여자가 있어야 만들지. 근데 누구
야? 마음에 든 사람이 있으니까 결혼에 대해 꺼낸 거 아냐?"

언제 긴장했냐는 듯이 정마륭이 탁윤의 어깨에 팔을 올리
며 물었다.

그런 그의 두 눈에는 궁금증이 가득했다.

"나도 궁금한데."

"어…… 좋아하는 사람은 아직 없는데요."

"아닌 거 같은데? 우리 사이에 숨기지 말고 얼른 불어."

석진호마저 궁금하다는 표정을 지었다.

하지만 탁윤은 특유의 순진무구한 얼굴로 고개를 저었다.

"정말 없어요."

"그럼 어떤 취향을 좋아하는데?"

"착한 사람요."

"……진짜 어려운 조건인데, 그게."

정마룡이 뒷머리를 박박 긁었다.

미녀는 그래도 찾아보면 많았지만 착한 여자는 찾기 힘들었다.

확인하는 데 시간도 오래 걸리고 말이다.

"제가 눈이 좀 높죠, 헤헤!"

"높다기보다는 당연한 거지. 나도 착한 여자 좋아하는데. 이왕이면 세 가지가 착한."

"세 가지요?"

"응. 얼굴, 몸매, 성격. 이 세 개가 착한 여자가 내 이상형이야."

"천하백대고수 안에는 들어가야겠는데."

석진호가 진심을 담아 말했다.

저만한 조건을 충족하려면 웬만한 실력으로는 힘들 것 같아서였다.

"그래도 승천무관 출신인데, 관주님 최측근 중 한 명인데 백대고수 안에는 들지 못해도 배경으로 어찌어찌 가능하지 않을까요? 꼭 착하다고 해서 엄청난 미인을 원하는 건 아닌데요."

"요구 조건에 맞는 여인을 찾는 것보다 수련해서 경지를 높이는 게 더 빠를 것 같은데."

무인환생

몸을 비비 꼬는 정마룡의 모습에 석진호가 피식 웃었다.

방금 전과 달리 눈이 엄청나게 높은 것 같아서였다.

하지만 냉정하게 말해 남자로서 정마룡의 조건은 결코 나쁘지 않았다.

석진호의 최측근이라는 사실만으로도 정마룡이 누릴 수 있는 건 많았으니까.

"그래서 열심히 수련하고 있습니다."

"열심히 하고 있어. 그럼 나연이랑 하린이에게 물어볼 테니까. 괜찮은 여자들이 있는지."

"허업!"

정마룡이 반색한 표정을 지었다.

두 사람의 소개라면 무조건 믿을 수 있어서였다.

그는 꼭 명문 세가 출신을 원하지 않았다.

딱 세 가지만 착하면 되었다.

"저, 저도……."

"윤이도 마찬가지고. 만약 마음에 드는 여인을 보면 언제라도 편하게 말해. 너희 두 사람은 나한테 그래도 되니까. 소강이는 아직 기간이 한참 남았고."

"소강이는 아직 어리죠."

정마룡이 단호하게 말했다.

채소강도 가족인 건 마찬가지였으나 아직 결혼하려면 한참 멀었다.

"어리다고 남자가 아닌 건 아니니까. 어쨌든 수련생을 받을 준비 하고 있어. 어떻게 가르칠 건지 기본 얼개도 잡아 놓고. 일정이 계획대로 되지는 않지만 대략적으로 어느 정도는 잡아 두는 게 편할 거야."

"알겠습니다."

"절대 승천무관의 이름에 누를 끼치지 않겠습니다!"

언제 농담을 했냐는 듯이 두 사람이 한껏 진지한 얼굴로 대답했다.

벌써부터 기합이 단단히 들어간 모습으로 말이다.

"우선은 석가장과 석풍표국부터 시작할 거니 그리 알고 있고."

"예!"

"나가 봐."

벌써부터 고민하기 시작한 것인지 두 사람은 굳은 얼굴로 방을 나섰다.

아마 며칠 동안 골머리를 썩을 게 분명했다.

하지만 중요한 건 그게 다 두 사람에게 좋은 자양분이 될 거라는 점이었다.

"얼추 정리됐나."

석진호가 느긋하게 찻잔을 들어 올렸다.

급한 일은 거의 다 끝낸 것 같아서였다.

물론 갑작스러운 서장무림의 침공으로 중원은 난리가 났

지만 석진호에게는 해당 사항이 없었다.

포달랍궁이 직접 여기까지 쳐들어온다면 모를까 이번에는 나설 마음이 없었다.

"서장무림 정도는 알아서 해야지."

역천마궁의 경우 흡정마공의 위험함을 너무나 잘 알기도 했고, 북궁벽이라는 변수도 있었다.

하지만 이번은 아니었다.

힘은 충분히 드러냈고 본보기도 보여 준 만큼, 석진호는 처음 마음먹은 대로 편안하게 지낼 생각이었다.

"포달랍궁 따위, 저희가 쓸어버리겠습니다."

"비성곡이 나설 일이 있을까 싶은데. 역천마궁 때와는 상황이 좀 다르니까. 그리고 난 평화로운 게 좋아."

"그 평화 제가 지키겠습니다."

"조용히 있는 게 도와주는 거야."

은근슬쩍 모습을 드러냈던 엄유강을 보지도 않고서 석진호가 말했다.

그러나 엄유강의 표정은 진지했다.

그 어떤 적도 때려 부수겠다는 의지가 가득했다.

＊

오랜만에 바다로 나온 석진호는 백아검을 타고서 심해로

내려갔다.

바다의 표면이 아닌 내부 깊숙한 곳의 모습을 보기 위해서였다.

'오늘은 최대한 깊이 내려가 보자.'

어검비행의 수법으로 석진호는 바다 깊숙이 내려갔다.

그러자 점점 그의 몸을 짓누르는 압박이 기하급수적으로 늘어났다.

수직으로 내려가니 그에 비례하여 수압 역시 높아졌던 것이다.

하지만 석진호의 표정은 별반 다르지 않았다.

'어마어마하군.'

수백 장을 내려왔음에도 바닥이 보이지 않는 심해의 모습에 석진호가 살짝 놀란 표정을 지었다.

바다가 깊을 거라고 예상하기는 했지만 이 정도일 줄은 몰라서였다.

게다가 전신을 짓누르는 압박 역시 거세졌기에 석진호는 호승심이 일었다.

대자연의 위대함에 대해 수도 없이 들었지만 이렇게 선명하게 느껴 본 적은 처음이었다.

그래서 그는 오기가 생겼다.

절대자의 자리에 오른 자신이 어디까지 내려갈 수 있는지 말이다.

武人還生
무인환생

'호흡은 아직 여유가 있으니까.'

싸우는 게 아니라 단순히 참는 거라면 한 시진도 버틸 수 있는 게 석진호였다.

더구나 검을 타고 이동했기에 움직임도 전혀 없었고.

해서 석진호는 더욱더 깊은 곳으로 내려갔다.

부들부들.

이제는 새까만 어둠밖에 보이지 않는 주위를 보며 석진호는 계속해서 내려갔다.

그러자 사지가 떨리기 시작했다.

무지막한 압력에 극한까지 단련된 그의 육신도 버텨 내지 못하는 것이었다.

웅웅웅!

버틸 수 있는 데까지 버티던 석진호는 호신강기를 일으켰다.

하지만 호신강기도 얼마 버티지 못했다.

대자연은 마치 그를 비웃듯 그저 짓누르기만 했다.

'오랜만이군.'

어둠 때문인지 더욱 막막하게 느껴지는 상황이었지만 석진호는 웃었다.

동시에 어째서 과거 수많은 무인들이 자연을 우러러보며, 그리고 자연을 본떠서 무공을 만들었는지 깨달았다.

인간으로서는 싸워 이길 수 없기에 동경하고 경외한 것이었다.

그 어떤 강자도, 절대자도 어찌할 수 없는 게 대자연이었
으니까.

'재미있어.'

하지만 석진호는 대자연이라는 거대한 벽을 마주 봤음에
도 좌절하지 않았다.

그에게 벽은 너무나 익숙한 것이었다.

좌절과 절망감 역시 떼어 놓을 수 없는 것이었고.

그러나 결국 그는 앞을 가로막던 모든 벽을 뛰어넘었다.

'지금도 마찬가지고.'

옛 선인들은 말했다.

대자연과 싸우면 안 된다고.

순응하고 받아들여야 한다고 말이다.

하지만 석진호의 생각은 달랐다.

'왜 꼭 순응해야만 하지? 대자연을 지배할 수도 있지 않
나?'

대자연은 위대했다.

그리고 인간은 대자연에 비하면 한낱 미물에 불과했다.

하나 인간은 무한한 가능성을 지닌 존재였다.

산을 부수고 바다를 가를 수도 있는 게 인간인 만큼 석진
호는 대자연을 지배하는 것도 불가능하지만은 않다고 생각
했다.

무인환생

'그리고 그 정도는 되어야 환생의 고리를 끊을 수 있지 않겠어.'

호신강기가 찌그러지고 온몸이 무지막지한 수압에 금방이라도 터질 것처럼 꿈틀거렸으나 정작 석진호의 표정은 평온했다.

목표가 생긴 그에게 고통은 익숙했다.

아니, 고통은 그의 동반자였다.

'지금 내 힘은 미약하다. 그러니 보고 배운다.'

석진호는 초심으로 돌아갔다.

가지고 있는 모든 힘을 사용해, 그리고 경험을 이용해 심해를 보고 느꼈다.

'응?'

고고하면서도 오연하게 존재하는 심해를 온몸으로 느끼고 있을 때 그의 기감에 무언가가 잡혔다.

은밀하게 접근하는 기척을 느꼈던 것이다.

마치 암살자처럼 조심스럽게, 그러나 확실하게 다가오는 기척에 석진호가 눈알만 움직였다.

'자패?'

이윽고 그의 눈에 어둠과 동화된 듯한 흑자색의 거대한 무언가가 잡혔다.

사람 한두 명 정도는 우습게 삼켜 버릴 것 같은 거대한 조개가 보였던 것이다.

천 년에 가까워질수록 작아지는 게 자패인데 지금 그의 눈앞에 있는 자패는 어마어마하게 컸다.

'전설처럼 회자되던 만년자패인가.'

자패라고 하기에는 흑색이 기묘하게 섞인 느낌이었지만 풍기는 기운은 천년자패를 아득히 뛰어넘었다.

게다가 흉포했다.

석진호에게 들켰다는 걸 느낀 모양인지 만년자패는 무시무시한 속도로 달려와 입을 벌렸다.

'보통은 내 기운을 느끼면 도망치기 바쁜데. 아니면, 내가 만만하게 보인 건가?'

오랜만에 당한 무시에 석진호가 실소를 흘렸다.

그것도 사람이 아닌 한낱 영물에게 당한 무시였지만 그럼에도 기분이 나쁜 건 매한가지였다.

이곳이 심해이고, 만년자패의 앞마당이나 마찬가지라고 하나 석진호는 절대자였다.

앞으로 전인미답의 경지에 닿을지도 모르는 무인이고.

쌔애애액!

무지막지한 심해의 압력이 크게 방해되지 않는다는 듯이 만년자패는 거대한 입을 벌리며 석진호를 덮쳤다.

단숨에 삼켜 버릴 기세로 쇄도해 왔던 것이다.

하지만 석진호는 그 모습을 지그시 쳐다보기만 할 뿐 움직이지 않았다.

무인환생

타고 있는 백아검을 이용하면 얼마든지 피할 수 있는데도 불구하고 말이다.

터엉!

대신 어두컴컴한 심해에 한 줄기 빛이 생겼다.

어검비행에 호신강기를 펼치고 있는 상태에서 기형검까지 발현한 것이었다.

콰우우! 콰우우우!

거대한 입을 쩍 벌린 만년자패가 거칠게 동체를 좌우로 흔들었다. 기형검의 검극에 막혀 꼼짝도 하지 못하자 짜증을 부리는 것이었다.

그리고 그 모습을 석진호는 팔짱을 낀 채로 지켜봤다.

이렇게나 자신에게 적의를 품는 게 이상해서였다.

'생각할수록 이상하단 말이지.'

적의를 넘어 거의 살의에 가까운 의념이 풍겨 나오는 만년자패를 보며 석진호가 고개를 갸웃거렸다.

과거 그가 먼저 만년자패를 공격해서 복수하려는 것이라면 차라리 이해할 수 있었다.

은원 관계가 있는 것이었으니까.

하지만 전생의 기억을 포함해도 만년자패를 보는 건 오늘이 처음이었다.

'아, 혹시 내가 하도 백년자패를 잡아서 그런가? 천년자패도 한 번 잡았었고.'

석진호가 미간을 좁혔다.

만년자패가 이 정도로 적의를 드러낼 만한 일이 그것 말고는 없어서였다.

'어쨌든 나한테 온 행운을 굳이 피할 필요는 없지.'

부르르르!

여전히 기형검에 막혀 있는 만년자패를 향해 석진호가 팔을 뻗었다.

그러자 만년자패의 동체가 격렬하게 흔들리기 시작했다.

방금 전까지는 어떻게든 석진호에게 접근하려 했다면 지금은 무슨 수를 써서라도 동체를 빼려는 기색이었다.

하지만 석진호의 장심에서 시작된 흡입력은 만년자패의 기운을 압도했다.

키에에에!

단순히 공력을 사용하는 것을 넘어 석진호는 의지를 실었다. 무형지기보다 상위의 힘을 사용했던 것이다.

만년자패의 영성을 찍어 누르며 석진호는 강제로 내단을 뽑았다.

그러자 만년자패가 비명과도 같은 괴성을 내질렀다.

수욱.

하지만 처절한 발악에도 결과는 달라지지 않았다.

거대한 속살 가장 깊은 곳에 있던, 꽁꽁 숨겨 놓았던 내단이 석진호의 손아귀에 잡혔다.

'오늘은 여기까지 할까.'

내단이 뽑힘과 동시에 죽은 것처럼 축 늘어진 만년자패를 잠시 지켜보던 석진호가 고개를 돌렸다.

처음 심해의 압력을 견딜 때는 몰랐는데 어느 정도 익숙해지자 주변을 느낄 수 있었다.

은근히 자신을 주시하는 시선들을 말이다.

놀라운 건 그중에 지금의 석진호로서도 승부를 장담하기 어려운 존재가 있다는 점이었다.

'재미있어.'

수백, 수천 년의 세월을 심해에서 견디며 살아온 존재들의 시선에 석진호의 입가에 미소가 떠올랐다.

두려워하기는커녕 오히려 즐거워하는 모습이었다.

그런 석진호의 감정을 느낀 모양인지 여기저기에서 묘한 파동이 일어났다.

쉬이익!

곳곳에서 느껴지는 묘한 울림을 느꼈으나 석진호는 백아 검을 타고 수면 위로 향했다.

수련의 맥이 끊기기도 했고, 만년자패의 내단을 노리는 녀석들이 있을 수도 있기에 우선은 운 좋게 얻은 이것들부터 처리할 작정이었다.

퍼어엉!

순식간에 수면 위로 솟구친 석진호는 그대로 승천무관을

향해 날아갔다.

양손에 각각 내단과 만년자패를 든 채로 말이다.

석진호의 호출에 소하정과 채소설을 데리고서 연무장으로 나온 당하린과 팽나연이 두 눈을 휘둥그레 떴다.

연무장 중앙에 놓인 거대한 조개에 놀라지 않을 수가 없었던 것이다. 크기도 크기지만 묘하게 검은빛을 띠는 조개의 모습에 당하린은 경악한 것도 잠시, 이내 두 눈에 연구열을 띠고서 다가왔다.

"이, 이건 무엇인가요?"

"만년자패 같아. 나도 보는 건 처음이지만."

"진짜요?"

"응. 천년자패하고는 확실히 다르잖아? 내단에 서린 기운도 그렇고."

꿀꺽!

석진호의 손바닥에 있는 주먹만 한 크기의 내단을 본 당하린이 자기도 모르게 침을 삼켰다.

그 정도로 내단에서는 요사스럽기까지 한 기운이 흘러나오고 있었다.

"어떻게 잡으신 거예요?"

"심해가 궁금해서 탐색하며 겸사겸사 수련을 하고 있었는데 이 녀석이 달려들더라고."

"갑자기요?"

"응. 난데없이 공격하대."

석진호는 정말 만년자패를 찾을 생각이 눈곱만큼도 없었다. 간혹 보이던 천년자패나 천년청패도 그냥 지나쳤었다.

애초의 목적이 수련이었으니까.

그런데 만년자패가 갑자기 등장해서 공격했기에 그에게 죄가 있다면 잡은 죄뿐이었다.

"자기 영역이라서 그런 걸까요? 영물들은 자기만의 영역이 있잖아요."

"그럴 가능성도 있긴 한데, 굳이 그 넓은 심해에서 그럴 필요가 있을까 싶기도 하고."

석진호가 어깨를 으쓱거렸다.

조개의 습성상 영역을 중요시할까 싶어서였다.

차라리 성격이 사나워 심해의 폭군이 아니었을까 하는 추측이 더 맞을 것 같았다.

"우와."

"이게 만년자패!"

"나 이렇게 큰 조개는 처음 봐!"

"칠백 년 정도 묵은 게 가장 컸었는데. 그것보다 몇 배는 더 커."

당하린과 팽나연이 만년자패의 내단에 정신을 빼앗겼다면 아이들은 감히 상상도 못 해 본 크기에 정신을 차리지 못했다.

특히 요녕성에서 함께 온 신입들은 눈알이 빠지지 않을까 걱정이 될 정도로 기절초풍한 기색이었다.

"이렇게 큰 조개가 존재할 줄이야."

"근데 맛은 무슨 맛일까? 탕 끓이면 국물이 끝내주겠지?"

"만 년이나 묵었으니 살만 먹어도 공력이 증진되지 않을까?"

"오, 충분히 가능성이 있는 추측인데."

아이들은 만년자패의 내단에 일절 관심을 두지 않았다.

언감생심임을 너무나 잘 알아서였다.

다른 영물도 아니고 만 년이나 묵은 자패의 내단이었다.

보물도 그런 보물이 없기에 아이들은 바닷물을 머금고 있는 속살에만 관심을 보였다.

"참 신기하단 말이야. 어떻게 바다에만 들어갔다 하면 이런 걸 주워 와?"

"나도 신기해. 근데 요리할 동안 속살 좀 얼려 줄 수 있어? 껍데기는 사천당가에 선물로 줄 거고."

"껍데기를?"

정마룡과 함께 연무장으로 나온 북궁혁이 고개를 갸웃거렸다. 내단도 아니고 껍데기를 선물로 준다고 하자 의아했던 것이다.

"만년자패의 껍데기는 좋은 재료거든요. 해독제로도 쓸 수 있고요. 활용도가 무궁무진해요. 내단만큼이나 보물이 만년자패의 껍데기예요."

"호오."

당하린의 설명에 북궁혁이 고개를 주억거렸다.

그녀의 반응만 봐도 껍데기의 가치를 대략적으로나마 느낄 수 있었다.

"의외로 쓸모가 많더라고. 아마 무림 역사상 처음이지 않을까 싶기도 하고."

"이 녀석이 그 정도야?"

"내단만 해도 상당하잖아?"

석진호가 거대한 진주처럼 보이는 새하얀 내단을 들어 보였다.

하지만 북궁혁은 시큰둥했다.

분명 엄청난 기운을 품고 있지만 그에게는 빛 좋은 개살구였다.

만년자패의 내단을 먹어 봤자 공력만 늘어날 뿐 경지가 높아지지는 않아서였다.

"너나 나에게는 크게 효과 없잖아."

"그래도 먹어서 나쁠 건 없지."

사아악!

석진호의 손가락에서 예리한 지강(指罡)이 솟구쳤다.

그러더니 순식간에 내단을 조각냈다.

"어?"

제72장 그의 사람들

갑자기 내단을 조각내는 석진호의 행동에 모두가 놀랐다.

어마어마한 값어치를 지닌 내단을 왜 저렇게 다루나 했던 것이다.

하지만 흑휘는 달랐다.

폴짝!

단숨에 석진호의 어깨 위로 올라온 흑휘는 조각나서 둥둥 떠 있는 내단을 뚫어져라 쳐다보며 몸을 비볐다.

하나만 달라는 듯이 애교를 부렸던 것이다.

온전한 내단이라면 제아무리 흑휘라도 소화하기가 힘들겠지만 지금처럼 완벽하게 조각난 상태라면 달랐다.

한 조각 정도는 충분히 소화할 수 있기에 흑휘는 마치 발

정이라도 난 것처럼 정신없이 석진호의 어깨 위를 돌아다니
며 앞발로 꾹꾹 눌렀다.

끼이잉…….

거기에 삼랑이들을 비롯한 늑대들도 합류했다.

그러나 흑휘와 달리 조르지는 않았다.

아직 영성이 확실하게 트인 건 아니지만 지능이 상당히 높
았기에 다들 주제를 알았다.

석진호가 허락하지 않으면 먹을 수 없다는 걸 알기에 늑대
들은 최대한 불쌍한 표정을 지으며 눈치를 살폈다.

"요 녀석들 봐라?"

좋은 혈통을 타고난 삼랑이들의 자식들과 달리 암컷들은
원래 평범한 늑대였다.

그런데 당아린이 틈틈이 좋은 것들을 챙겨 줘서 그런지 평
범했던 덩치도 조금 커지고 이제는 말귀도 제법 알아들었다.

지금도 남편과 자식들을 따라 석진호의 눈치를 볼 정도로
말이다.

그 모습에 북궁혁이 재미있다는 표정을 지었다.

"우와."

"예뻐요!"

한편 소하정과 채소설은 빛을 내며 떠 있는 수십 개의 내
단 조각을 보며 눈을 반짝였다.

햇빛을 받아 다채로운 빛을 발하며 둥둥 떠 있는 게 신기

武人還生
무인환생

했던 것이다.

"자, 하나씩 받아."

"예에?"

허공에 떠 있던 내단 조각들이 각자의 앞으로 날아갔다.

정확히 인원수에 맞춰 잘랐기에 모자라거나 남는 건 없었다.

"저, 정말 저희가 먹어도 돼요?"

"당연히 되지. 너희도 내 사람이니까. 설마 승천무관 소속이 아니라고 말할 사람은 없겠지?"

휙휙!

기존에 있던 관도들과 신입들이 거세게 고개를 저었다.

그런 생각은 단 한 번도 한 적이 없어서였다.

하지만 아무리 작아도 이게 보물이라는 사실은 변치 않았기에 다들 선뜻 내단 조각에 손을 뻗지 못했다.

고로롱! 고롱!

반면에 흑휘나 늑대들은 너무나 기쁘다는 듯이 제자리에서 방방 뛰다가 냉큼 내단 조각을 삼켰다.

석진호가 준 것이니만큼 망설이지 않고 먹었던 것이다.

"……저에게도 주시는 겁니까?"

"예. 만년자패의 내단이라고 하나 조각인 만큼 실질적으로 내공 증진은 얼마 되지 않을 겁니다. 그래도 안 먹는 것보다는 나으니까요."

"그렇긴 합니다만."

"다 먹는데 몇몇은 외인이라고 안 주는 것도 이상하잖아요? 그냥 다 같이 나눠 먹자고요. 애초에 운 좋게 구한 건데."

"그럼 더는 거절하지 않겠습니다."

잠시 망설였던 한노는 석진호의 말에 빙그레 웃으며 먹었다. 그리고 그 모습에 하북팽가와 사천당가에서 온 호위 무사들도 석진호를 향해 고개를 한차례 꾸벅 숙여 인사하고는 내단 조각을 삼켰다.

이윽고 곳곳에서 사람들이 가부좌를 틀었다.

"두 사람은 내가 도와줄게. 피부 미용에 도움이 될 거야."

"정말요?"

"응. 두 사람은 무공을 안 익혀서 몸 전체로 골고루 기운이 퍼질 거야."

"근데 이거 엄청 귀한 거 같은데요."

피부 미용이라는 말에 반색했던 소하정이 순간 정신을 차렸다.

비록 조각이라지만 세상에 나타난 적이 없다는 만년자패의 내단이었다.

이런 귀한 걸 무공도 안 익힌 자신이 먹어도 되나 싶었다.

"아무리 귀해도 유모만큼은 아냐. 그러니 걱정하지 말고 먹어. 내가 잘 흡수되도록 도와줄 테니까. 다 먹는데 두 사람만 안 먹으면 좀 그렇잖아."

武人還生
무인환생

"잘 먹겠습니다!"

우물쭈물하는 소하정과 달리 채소설은 밝게 웃으며 감사 인사를 해 왔다.

이제는 주는 걸 마다하지 않았던 것이다.

내단 조각을 먹고 앞으로 더 열심히 일하면 된다는 생각에 채소설은 살짝 긴장한 얼굴로 아직도 둥둥 떠 있는 조각을 보며 입을 벌렸다.

그러자 기다렸다는 듯이 내단 조각이 그녀의 입안으로 들어갔다.

"편안하게 눈 감아. 내가 도와줄 테니까. 대답은 할 필요 없고. 입 벌리면 기운 나간다."

석진호의 말에 채소설이 입술을 질끈 다물었다.

이윽고 석진호는 진기도인의 수법으로 내단 조각의 기운이 채소설에게 잘 흡수되도록 도왔다.

"아프진 않나 봐요."

"당연하지. 내가 도와주는데."

혹시라도 채소설에게 방해될까 봐 소하정이 아주 작게 말했다. 곳곳에서 가부좌를 틀고 있으니 더더욱 조심하는 것이었다.

"역시 도련님은 대단하세요."

"그것도 당연한 거고. 이제 유모도 먹자."

"네."

입가에 옅은 미소를 띠고 있는 채소설의 모습에 소하정도 용기를 내서 내단 조각을 삼켰다.

그러자 전신에서 기분 좋은 미열이 올라왔다.

"편안하게 있어. 금방 끝날 테니까."

귓속을 간질거리는 듯한 석진호의 목소리에 소하정은 웃으며 모든 걸 맡겼다.

석진호가 어련히 알아서 잘해 줄까 싶어서였다.

하루가 멀다 하고 혈투가 벌어지는 감숙성과 달리 석진호는 평화로운 나날들을 보내고 있었다.

스스로가 원했던 대로 너무나 여유로운 일상을 보냈던 것이다.

"흠."

다만 딱 한 가지 마음에 안 드는 게 있다면 개방에서 오는 서신이었다.

그가 원치 않았음에도 불구하고 개방은 풍절의 지시를 받았는지 매일같이 전서구를 보내왔다.

굳이 석진호가 알고 싶어 하지 않는 전황을 알려 왔던 것이다.

"포달랍궁이라."

주저리주저리 길게 써져 있었지만 결론은 하나였다.

백쉰 살이 넘는 노괴가 무시무시한 무위를 선보이고 있다는 점이었다.

그래서 일차 저지선을 맡은 공동파가 반파 수준을 넘어 거의 박살이 났다는 소식에 석진호는 피식 웃었다.

안 그래도 악연이 엮이고 엮여 벼르고 있었는데 이이제이(以夷制夷)라고 포달랍궁이 두들겨 패고 있자 속이 시원했다.

"자업자득이지. 아닌 것 같아도 인생은 다 뿌린 대로 거두는 법. 천망회회 소이불루(天網恢恢 疏而不漏)라는 말이 괜히 있는 게 아니지."

괜히 선조들이 착하게 살라고, 업을 쌓지 말라고 하는 게 아니었다.

그렇게 말하는 이유가 분명히 있었다.

"서장무림도 만만치 않은 곳이지."

중원인들은 새외무림이라고 경시하는 경우가 많았으나 석진호는 생각이 달랐다.

서장에서도 환생을 했던 적이 있는 만큼 그는 포달랍궁을 비롯해서 서장무림을 대표하는 세력들의 힘에 대해 잘 알았다. 특히 서장을 지배하는 포달랍궁의 경우 그 무공의 수준이 소림사와 비교해도 전혀 뒤떨어지지 않았다.

다만 똑같이 불문에 뿌리를 두었음에도 성향은 완전히 달랐다.

"승려인데 승려가 아닌 놈들이지."

처음에는 소림사와 비슷했을지 모르나 지금은 완전히 달랐다.

승려라기보다는 무인에 가까웠다.

불공을 익힌 무인이라고 보는 게 정확했다.

"그래도 대처가 빠르니 수습도 곧 하겠지."

역천마궁이라는 선례 덕분인지 중원무림의 대응은 빨랐다. 서장무림이 청해성을 관통한다는 소식이 알려지기 무섭게 발 빠르게 감숙성으로 모여들었던 것이다. 그리고 그 선두에는 사천성을 대표하는 세력 세 곳이 있었다.

"안된다 싶으면 같이 싸우겠지."

정정당당한 건 좋았다.

하지만 아무리 개인의 명예와 위신이 중요하다고 해도 목숨에 비할 바는 아니었다.

그걸 역천마궁과의 전쟁에서 깨달았을 테니 이번에는 미련하게 싸우지 않을 거라고 석진호는 생각했다.

만약 포달랍궁주가 그 무공을 대성했다면 온전한 상태의 소림권존이라도 일대일로는 감당할 수 없었다.

"일단은 알아서 해 보려는 중이니까."

상대하기 까다로웠던 그 무공을 떠올리던 석진호가 고개를 저었다.

자신이 걱정할 필요는 없다고 생각해서였다.

武人還生
무인환생

게다가 이번만큼은 구파일방과 오대세가가 합심해서 해결하려는 게 보였기에 석진호는 신경을 껐다.

그게 맞는 것이기도 했고.

"개방은 내심 내가 참여하길 원하는 것 같지만."

괜히 개방에서 이렇게 자세하게 감숙성의 상황을 알려 주는 게 아니었다. 이유 없는 선의는 없다는 말처럼 다 원하는 게 있어서였다.

하지만 석진호는 나설 생각이 없었다.

영웅놀이는 그의 취미가 아니었다.

"애들은 잘하고 있나."

그리고 정세를 알려 주는 곳은 개방만이 아니었다.

석가장과 사천당가에서도 소식을 알려 주었기에 개방이라고 해서 딱히 특별한 건 없었다.

"얼마나 뛰었다고 벌써 지쳐!"

"생각하면서 움직여! 무작정 뛰지 말고 어떻게 하면 따라잡을 수 있을지, 예측할 수 있을지를 생각하라고!"

창밖을 보자 악마처럼 신입 수련생들을 몰아붙이는 탁윤과 정마룡의 모습이 보였다.

그의 앞에서는 한없이 유순한 두 사람이었으나 무공 교두로서는 달랐다.

호랑이 교두라는 말이 절로 나올 정도로 둘은 신입들을 사납게 몰아붙였다.

컹! 커컹!

그리고 그런 두 사람의 앞에서 삼랑이들과 자식들이 마치 놀듯이 사방으로 뛰어다녔다.

늑대들을 이용해 신입들을 훈련시켰던 것이다.

단순히 체력 훈련을 넘어 정마룡과 탁윤은 신입들이 생각을 하게 만들었다.

어떻게 해야 효율적으로 움직일 수 있는지를 가르쳤던 것이다.

"나쁘지 않아."

이제 반쯤은 영물이라 해도 과언이 아닌 게 늑대들이었다.

혼자서 삼류 무사 한 명 정도는 어렵지 않게 제압할 정도로 강하기도 했고.

게다가 체력 역시 상당했기에 신입들의 훈련 상대로는 훌륭했다. 정작 늑대들은 같이 놀자는 건 줄 알고 신나서 뛰어다녔지만.

"으아아악!"

"계속 뛰어!"

"고작 이 정도에 포기할 거면 돌아가!"

잡기 놀이를 하는 건 줄 알고 미친 듯이 뛰어다니는 늑대들로 인해 신입 수련생들은 빠르게 지쳤다.

쉬지 않고 일정하게 달리는 것도 힘든데 동물 특유의 탄력적인 방향 전환과 농락하듯 펼쳐지는 완급 조절에 신입 수련

武人還生
무인환생

생들은 처참하게 나가떨어질 수밖에 없었다.

하지만 쓰러져도 다시 일어났다.

"크아아악!"

"악악!"

지금의 기회가 얼마나 대단한 기회인지 모르지 않았기에 다들 기를 쓰고 일어났다.

잠시 토악질을 할지언정 멈추지는 않았던 것이다.

"좋군."

악을 쓰며 일어나는 수련생들의 모습에 석진호가 미소를 지었다.

저 악착같음이야말로 재능을 따라잡을 수 있는 유일한 방법임을 잘 알아서였다.

그리고 지금 수련생들을 가르치는 정마룡과 탁윤은 저것보다 더한 수련을 버티고 견뎌 냈다.

늦게 시작한 만큼 더욱 처절하게 수련에 매달렸던 것이다.

"운이 다가 아니지. 운만으로는 절대 절정을 넘을 수 없어."

몇몇은 말한다.

탁윤과 정마룡은 정말 운이 좋은 녀석들이라고 말이다.

그러나 그건 하나만 알고 둘은 몰라서 하는 소리였다.

두 사람이 흘린 땀방울과 눈물을 안다면 절대 운이 좋아서라는 말은 하지 못할 터였다.

"잘 컸단 말이지."

어떻게 가르쳐야 하는지 막막해하며 긴장했던 것과 달리 정마룡과 탁윤은 너무나 잘 가르치고 있었다.

특히 정마룡은 자신이 재능이 부족한 편이었기에 자질이 모자란 아이들의 심정을 너무나 잘 알았다.

그래서 눈높이 교육이 가능한 것이었고.

게다가 정신적으로도 상담을 잘해 주는 편이었다.

똑똑똑.

"난데, 들어가도 되지?"

"이미 들어왔으면서 그런 말을 하는 건 웃기지 않아?"

"에이, 우리 사이에 이 정도는 괜찮지. 내가 침실을 들어가는 것도 아니고."

"여긴 어쩐 일이야?"

석진호가 몸을 돌리며 물었다.

전쟁으로 인해 한창 바쁠 텐데 여기에 있자 이상했던 것이다.

"지나가다 들렀어."

"바쁘지 않나?"

"내가 바쁜 건 아니니까. 정신없는 건 무림인들이지. 뭐, 결재할 게 많긴 하지만 남동생 얼굴 못 볼 정도는 아니지."

안색이 피곤해 보이기는 해도 눈빛은 좋았다.

피로가 쌓였는데 즐거워 보이는 느낌이랄까.

무인환생

"앉아. 차 한 잔 줄 테니."

"수련생들 보고 있었던 모양이네?"

"아무래도 시끄러우니까."

"시끄럽다니. 애들은 기를 쓰고 수련하는데."

석진호의 옆으로 다가온 석미룡이 헛웃음을 흘렸다.

저렇게 열심히 수련하는데 시끄럽다고 하자 어이가 없었던 것이다.

"잘 가르치고 있나 확인차 온 건가?"

"그것도 있고. 잠깐 차도 한잔 얻어 마실 겸해서."

"농땡이 피우러 온 것 같아 보이진 않는데."

"귀신같기는."

석미룡이 곱게 눈을 흘겼다.

그러나 그녀의 날카로운 눈빛에도 석진호는 느긋하게 다호를 공력으로 데웠다.

"서로 바쁜 사람들이니 바로 본론으로 가자고."

"누나가 반갑지도 않아?"

"저번에 계약서 작성할 때 봤잖아?"

"진짜 매정하다니까."

따라 주는 차를 받으며 석미룡이 툴툴거렸다.

아무리 남동생이라지만 다정함과는 거리가 너무 멀었다.

"안 쫓아내는 게 어디야?"

"참, 나. 마룡이나 윤이한테 해 주는 것의 반만이라도 나한테 해 주면 어디가 덧나?"

"둘은 가족이니까."

"난 가족 아냐?"

석미룡이 얼굴 가득 서운한 표정을 지었다.

짐작은 하고 있었지만 이렇게 티를 낼 때마다 그녀는 서운
했다.

물론 자업자득인 건 알지만 그래도 노력하고 있는 걸 알아
주었으면 했다.

"가족이긴 하지."

"됐어. 엎드려 절 받기도 아니고."

"오늘따라 왜 이리 예민할까."

"예민한 거 아니거든."

"할 말이 뭐야?"

석진호가 자연스럽게 화제를 돌렸다.

이런 대화는 썩 좋아하지 않아서였다.

"바쁜 척하긴. 너 빈둥빈둥 노는 거 다 알고 있는데."

"놀기는. 요즘 수련하느라고 바빠."

"거기서 더 강해지게?"

"무도의 길은 끝이 없는 법이야."

석미룡이 고개를 저었다.

천하제일인이 되었음에도 저렇게 매진하는 게 놀랍기도
하고 질리기도 했다.

무인환생

하지만 한편으로는 저런 집념이 있기에 천하제일인이 되지 않았나 싶었다.

"아버지께서는 호가대를 싹 바꾸고 싶어 하셔. 지금도 어느 정도 물갈이가 되기는 했지만 결국에는 남이니까."

"그렇긴 하지."

"그래서 아예 처음부터 석가장의 사람으로 만들려고 이번에 계약한 거고. 재능은 부족할지 모르지만 진짜 믿을 수 있는 아이들로. 물론 재능이 있으면 금상첨화고. 하지만 너도 알다시피 일정 수준에 오르기까지는 시간이 필요해."

석진호는 대답 없이 고개를 주억거렸다.

정론이라 딱히 대답할 필요성이 없었다.

"해서 그때까지 시간을 벌어야 해. 나 역시 같은 생각이고."

"본론."

"단기 속성 과정을 다시 해 줄 수 없을까?"

석미룡이 조심스레 운을 뗐다.

돈독이 오른 존재라면 상대하기 편할 텐데 석진호는 돈을 좋아하기는 해도 연연하지는 않았다.

이미 많은 돈을 벌기도 했고 말이다.

친구 집에 놀러 가서도 큰돈을 벌었기에 석미룡은 노심초사하는 얼굴로 남동생을 쳐다봤다.

"덕월 아저씨도 물어봤는데, 내 대답은 같아. 당분간은 할 생각이 없어."

"어떻게 안 될까? 진짜 중요한 시기라서. 아니면 마룡이나 윤이는 못할까?"

"힘들지. 둘 다 절정 고수이기는 해도 경지가 높은 건 아니니까. 이제 막 턱걸이로 올라온 상태인데 누굴 이끌어 줘."

"하아."

석미룡이 한숨을 내쉬었다.

예상을 못 한 건 아니지만 그래도 아쉬워서였다.

지금 딱 치고 올라가면 더 크고 단단한 석가장을 만들 수 있을 것 같은데, 역시나 세상살이는 쉽지 않았다.

"너무 욕심 부리는 것도 좋지 않아. 지금도 잘하고 있는데 뭘 그렇게 욕심을 부리나."

"이것도 다 네 덕분인데."

"시류를 잘 읽은 것도 있지."

"만약 할 마음이 생기면 언제라도 연락 줘. 조건은 그 어떤 곳보다 좋게 해 줄 테니까."

"그 말은 덕월 아저씨도 했어."

석진호의 말에도 석미룡은 웃었다.

경쟁자가 석덕월, 아니 석풍표국이라도 자신 있다는 표정이었다.

"잊었어? 본가는 석가장이야. 돈에 있어서는 어디에도 안 져. 석풍표국 역시 석가장의 것이고."

武人還生
무인환생

"석가장은 그런 말을 할 자격이 충분하지. 근데 이런 말까지 하는 걸 보면 잘되어 가는 모양이네."

"소장주의 자리는 아직. 내가 유일한 직계이기는 한데, 아버지는 물론이고 할아버지께서도 생각이 좀 바뀌셨나 봐. 가규를 고민하시는 거 같아."

"그래도 누나가 가장 가깝지 않아? 소장주의 자리에."

석미룡이 의미심장한 미소를 지었다.

그녀가 생각하기에도 현재 후계자가 될 가능성이 가장 높은 사람은 자신이었다.

"객관적으로 따져 보면 그렇지. 만약 내가 딸이 아니었다면, 아들이었다면 진즉에 확정되었을 거야."

"그렇지."

"하지만 그 부분에 대해서는 신경 안 써. 오빠들이 살아 있을 때도 난 후계자의 자리를 노렸으니까. 가규를 바꾼다고 해도 가장 앞서 있는 건 나야. 물론 네가 참여하겠다면 포기해야겠지만."

"그럴 일은 없어."

석진호가 단호하게 말했다.

방계도 소장주의 자리에 지원할 수 있도록 가규가 바뀐다면 석진호에게도 자격이 생긴다.

석가장주가 될 자격이 말이다.

하지만 석진호의 미래에 석가장주는 없었다.

"역시. 이미 모든 걸 다 얻은 네가 석가장주의 자리를 욕심낼 리가 없지."

"난 무인이지 장사꾼이 아니니까."

"그럼 나 좀 밀어주면 안 될까?"

석미룡이 애교를 부리듯 귀여운 표정을 지었다.

꽃받침처럼 두 손으로 얼굴을 받치며 말이다.

하지만 그 모습에도 석진호는 미동도 하지 않았다.

"갖고 싶은 건 스스로 노력해서 얻어야 값진 법이야."

"참 말을 해도 어쩜 그렇게 얄밉게 하냐."

"그래도 응원은 하잖아. 지금도 난 누나가 잘할 수 있을 거라고 생각해."

"이왕이면 힘도 같이 실어 주었으면 좋겠는데 말이지."

"내가 나서면 일이 더 커져. 그건 누나도 알 텐데?"

석진호가 심유한 눈빛으로 그녀를 쳐다보며 말했다.

예전의 아무도 모르던 승천무관 시절이라면 모를까 지금 그는 천하제일인이었다.

그런 만큼 석진호가 직접적으로 개입한다면 말이 나올 수밖에 없었다.

"나도 알지. 그래도 은근슬쩍 도와줄 수는 있잖아. 단기 속성 과정이라든지, 백년자패나 천년자패 등등. 두 분 아가씨들에게 들었는데 만년자패도 구했다며?"

"지금도 충분히 기회라고 생각하는데."

"그러니까 조금만 도와 달라 이거지. 네 말대로 기회이니까."

지금 석가장이 황보세가나 공동파에 강경하게 나갈 수 있는 건 전부 석진호 덕분이었다.

그런 석진호가 은근히 자신을 지지한다면 당장 소장주가 되는 것도 불가능하지만은 않았다.

"미안하지만 내 대답은 같아. 스스로 쟁취하도록 해."

"치잇!"

"얘기 다 했으면 이만 가 봐. 많이 바쁠 텐데."

"감숙성 소식에 대해서 궁금한 거 없어?"

"없어."

석진호는 단호하게 대답했다.

승패는 궁금해도 어쩐 상황인지 자세히 알고 싶지는 않았다. 이번에는 중원무림이 똘똘 뭉쳐 잘하고 있다고 듣기도 했고.

역천마궁으로 인해 전력이 많이 소실되었다고 하나 여전히 정도무림은 강했다.

"……진짜 관심 없구나."

"난 이제 싸움은 지긋지긋해. 여유롭고 평화롭게 살고 싶어."

"그런 것치고는 지금까지 보인 행보가 상당히 과격했다만."

"평화를 추구하는 것과 응징은 다르지. 그리고 힘을 보여야 안 까불지 않겠어?"

석미룡은 피식 웃었다.

반박의 여지가 없는 말에 웃음밖에 나오지 않았다.

"그래도 간간이 소식은 전해 줄게. 개방이랑 석풍표국에서도 알려 주기는 하겠지만."

"꼭 그럴 필요는 없어."

"너뿐만 아니라 다른 사람을 위해서야. 마룡이나 윤이도 나에게는 중요한 인물이라고. 하린 아가씨와 나연 아가씨도 마찬가지고."

석미룡은 자리에서 일어났다.

용건을 다 봤으니 일어나려는 것이었다.

석진호의 말마따나 감숙성에 자리 잡은 서장무림의 세력들로 정신없기도 했고.

"멀리 안 나갈게."

"기대도 안 했다."

"그럼 다행이고."

티격태격했지만 둘의 표정은 밝았다.

이런 게 하루 이틀이 아니었기에 둘 다 익숙해졌던 것이다.

"다른 사람들한테도 인사하고 갈 거야. 그리 알고 있어."

"응."

가볍게 손을 흔들며 석진호가 고개를 주억거렸다.

武人還生
무인환생

얼른 가라는 축객령이었다.

석미룡은 대기하고 있던 호위 무사들과 함께 연무장으로 향했다.

고르고 골라 보낸 수련생들이 잘 배우고 있나 확인하기 위해서였다.

석가장에서 보낸 인원은 서른 명이었는데 석풍표국에서 온 이들과 함께 열심히 바닥을 구르고 있었다.

"어때 보여?"

"석 무관주께 직접 배운 두 사람이지 않습니까. 이전에 거쳐 갔던 수련생들도 상당하고. 비록 석 무관주님의 진전을 잇지는 못했으나 많은 것을 보고 배웠을 테니 기초를 잡아 주는 건 걱정하지 않아도 될 것 같습니다."

"잘 배워야 할 텐데. 저 애들이 장차 본장의 기둥들이 될 거니까."

석미룡이 기대하는 눈빛으로 악착같이 훈련을 받고 있는 아이들에게로 향했다.

대부분이 열 살 안팎의 아이들이었는데 나이에 어울리지 않게 두 눈에서는 독기가 줄줄이 흘러나오고 있었다.

승천무관에 입관한 지 이제 겨우 보름이 지났을 뿐인데 말이다.

"단기 속성 과정 계약까지 맺었다면 더욱 좋았을 텐데요."

"그건 어쩔 수 없어. 워낙에 단호하게 거절하니까. 사실 진호 입장에서는 아쉬운 게 없기도 하고."

호위 무사가 진심으로 아쉬운 표정을 지었다.

그가 석가장에 들어온 가장 큰 이유가 바로 단기 속성 과정 때문이었다.

다시 단기 속성 과정을 시작한다면 첫 번째로 선택받을 곳이 석가장 아니면 석풍표국이었기에 호위 무사는 망설이지 않고 석가장에 지원했다.

그런데 아직까지는 그의 목표가 이루어지지 않고 있었다.

"다행인 건 여지를 두었다는 점이니까요."

"마음이 동하면 하겠지. 자기 하고 싶은 대로 사는 녀석이니까."

"그때 꼭 부탁드립니다."

"걱정 마. 꼭 받을 수 있게 해 줄 테니까. 하지만 너무 맹목적으로 기다리지는 말고. 단기 속성 과정만 목매는 것도 좋진 않아."

"명심하겠습니다."

잠시 석가장 출신 수련생들을 지켜보던 석미룡은 잠시 쉬고 있는 관도들에게 다가갔다.

자주는 아니지만 그래도 꽤 주기적으로 얼굴을 봤기에 그녀를 낯설어하는 관도들은 없었다.

몸은 장정이라고 해도 과언이 아닐 정도로 다 컸지만 아직은 어린아이들이었기에 석미룡은 능숙하게 대화를 이어 갔다.

"오랜만이지? 부모님은 잘 계시고?"

"안녕하세요!"

"그래그래. 쉬는 동안 간식 좀 먹어. 너희는 아직 한창 많이 먹을 때야."

석미룡은 자연스럽게 대화를 주도하며 아이들에게 미리 준비한 간식을 건넸다.

지금은 어린아이들이고 이제 막 이류 무사 정도의 수준이었지만 그녀는 먼 미래를 봤다.

다른 곳도 아니고 승천무관 소속의 아이들이었다.

또한 석진호가 직접 무공을 가르친 아이들이었고.

'이 아이들은 믿을 수 있어.'

지금은 이류 정도의 수준이라지만 정마룡과 탁윤을 생각하면 절정까지는 분명히 올라갈 터였다.

다른 이도 아니고 직접 가르친 아이들이 초일류에 머물고 있는 걸 지켜볼 석진호가 아니었다.

아니, 그때쯤이면 정마룡과 탁윤이 어떻게든 노력해서 아이들을 절정지경으로 끌어 올릴 터였다.

즉 신뢰할 수 있는 고수들이 탄생하는 것이었다.

'이 아이들이 언제까지고 승천무관에 머물지는 않을 거야. 다들 각자의 길을 찾겠지. 근데 그 길에 석가장이 있을 수도 있는 거니까.'

석미룡이 히죽 웃었다.

괜히 그녀가 이렇게 아이들에게 시간을 할애하는 게 아니었다.

다 목적이 있었다.

장차 고수가 될 이들을 영입하기 위해 석미룡은 벌써부터 밑밥을 까는 중이었다.

'인재를 석풍표국에 뺏길 수는 없지. 다른 곳도 마찬가지고.'

게다가 관도들에게 눈독을 들이는 이는 그녀만이 아니었다. 석덕월을 비롯해서 청송표국 역시 은근슬쩍 노리고 있었다.

'꼭 석가장일 필요도 없고 말이지.'

석미룡이 의미심장한 미소를 머금었다.

남들이 생각하는 것보다 그녀는 많은 그림을 그리고 있었다.

거대한 기운이 한노를 중심으로 휘몰아치고 있었다.

한노는 가부좌를 틀고 있었는데 주위에서 사납게 일렁이는 기운과 달리 표정은 한없이 평온했다.

마치 주변 상황을 모르는 것처럼 말이다.

하지만 근처에 서 있던 북궁혁은 알았다.

'드디어.'

북궁혁의 동공이 미약하게 떨렸다.

티는 안 내고 있었지만 그는 내심 감격하고 있었다.

지금 한노가 벽을 넘어서려는 것임을 북궁혁은 본능적으로 알아차렸던 것이다.

인간이라면 근본적으로 가질 수밖에 없는 한계를 한 꺼풀 벗겨 내는 게 바로 초월경이었다.

'다행이야. 정말 다행이야.'

초월경이 초월경이라 불리는 이유는 간단했다.

초절정의 경지와 초월경은 딱 한 단계 차이지만 그 격차는 감히 한 단계 차이라고 말하기 힘들 정도였다.

그 정도로 초월경과 초절정의 격차는 어마어마했다.

인간과 인간의 탈을 벗은 존재의 차이라고나 할까.

괜히 정도무림이 역천마궁주에게 쩔쩔맸던 게 아니었다.

그런 경지에 한노가 올라서고 있었다.

'이제라도 벽을 넘을 수 있어서.'

지금은 그의 호위 무사를 하고 있지만 한노는 오래전부터 북해빙궁을 대표하는 고수였다. 또한 누구보다 열심히 수련하며 북해빙궁을 수호했던 무인이고.

그래서 다들 당연히 한노가 초월경에 오를 거라 생각했다.

하지만 많은 이들의 예상과 달리 누구보다 빨리 초절정의 경지에 오른 한노는 좀처럼 벽을 넘지 못했다.

노력이 부족하지는 않았다.

재능도 충분했다.

그러나 이상하게 마지막 벽을 넘지 못했었는데 이제야 절망의 벽을 넘었다.

파아아앗!

혹시 모를 사태에 대비해 호법을 서고 있는 북궁혁의 눈에 빠르게 안정되어 가는 기운이 보였다. 제멋대로 날뛰던 한노 주위의 기운이 마치 잘 길들여진 말처럼 얌전해졌던 것이다.

그리고 그것이 뜻하는 바는 명백했다.

'축하해, 한노.'

눈부신 빛에 휩싸여 있는 한노를 보며 북궁혁은 옅은 미소를 지었다. 얼마나 열심히 노력했는지 잘 알기에 진심으로 축하해 주었던 것이다.

하지만 너무 늦게 벽을 넘어서인지 환골탈태까지는 못한 듯했다.

'그래도 초월경인데. 그깟 환골탈태 못하면 어때.'

환골탈태까지 이루었다면 금상첨화였겠지만 하지 못했다고 실망할 건 없었다. 초월경에 오른 것만으로도 이미 충분히 대단한 것이었으니까.

'근데 그럼에도 중원 땅은 엄두도 못 낸다는 거지.'

북궁혁이 쓴웃음을 지었다.

한노가 초월경에 오르며 북해빙궁에만 초월경의 고수가

두 명이었다.

그러나 그는 전쟁은 생각도 하지 못했다.

북해빙궁을 비롯해서 북해의 전력은 중원과 건곤일척의 승부를 벌이기에 충분했으나 문제는 석진호와 승천무관이었다.

'여기에만 초월경의 고수가 두 명, 아니 한노까지 세 명이나 있다는 사실을 알까.'

북궁혁은 자기도 모르게 실소가 흘러나왔다.

그 정도로 승천무관의 전력은 어마어마했다. 아니, 석진호한 명만으로도 승천무관은 천하에 적수가 없었다.

'만약 진호가 야망이 있었다면 천하는 진즉에 일통되었겠지.'

친구라서 하는 생각이 아니었다.

정말 냉정하게 따져 봤을 때 석진호가 마음만 먹는다면 당장이라도 천하일통이 가능했다. 세력은 부족할지 모르나 결국 무림에서 중요한 건 힘이었다.

모든 걸 찍어 누를 힘.

그게 석진호에게는 있었다.

게다가 소수 정예로 보이는 엄유강의 세력도 있는 만큼 천하일통은 절대 불가능하지 않았다.

'그래서 우리 역시 못 내려오고 있는 거고.'

북해무림은 중원 땅에 관심이 없는 게 아니었다.

척박하긴 해도 적응을 했고, 나고 자란 곳이기에 순응하고 살아갈 뿐이었다.

그런데 한노가 초월경에 올랐다.

즉 북해무림의 전력은 상승했고, 북해빙궁만이 아니라 북해에 있는 문파들을 끌어모으면 중원무림과도 붙어 볼 만했다.

더욱이 지금처럼 역천마궁에, 서장무림과 연이어 싸우고 있는 중원무림이라면 승산은 충분했다.

다만 문제는 석진호였다.

'녀석은 알까, 본인 스스로가 지닌 억제력이 어마어마하다는 걸.'

석진호라는 존재가 없었다면 북해무림은 역천마궁이 무너진 직후의 기회를 결코 놓치지 않았을 터였다.

또한 북궁벽은 괜히 중원에 내려온 게 아니었다.

북해빙궁의 주인이 단순히 호기심 때문에 내려온다?

그건 말이 되지 않았다.

"슬슬 끝나 가는군."

북궁혁의 곁으로 석진호가 내려섰다.

그런데 그의 곁에는 엄유강, 엄진근 부자도 함께였다. 마치 석진호의 그림자라는 듯이 반보 뒤에 시립했던 것이다.

"그게 보여?"

"경험자니까."

"쳇!"

무인환생

북궁혁이 입술을 삐죽 내밀었다.

이런 식으로 말을 하면 그는 할 말이 없어서였다.

"너도 경험할 수 있을 것 같은데."

"언제쯤?"

"그건 나도 모르지. 너 하기 나름이지."

"어이구."

좋다 말았다는 표정으로 북궁혁이 얼굴을 찌푸렸다.

하지만 아무리 석진호라도 시기를 맞히기란 힘들었다.

재능과 노력은 당연한 거고 천운이 따라 줘야 오를 수 있
는 경지가 초월경이었다.

"천이가 있으니까 한 노야보다는 빠르지 않을까 싶은데."

"내 목표는 넌데? 천이는 안중에도 없어."

"아마 천이도 그렇게 생각할 듯."

석진호가 피식 웃었다.

말은 저렇게 해도 서로가 서로에게 정말 좋은 영향을 주고
있다는 걸 둘 다 잘 알고 있을 터였다.

호적수가 있다는 건 그래서 좋았다. 긴장감을 유지해 주고
스스로를 더욱 채찍질하게 해 주니까.

"그렇겠지. 근데 난 가끔 이런 생각을 해. 만약 너나 천이
가 북해에서 태어났다면 어땠을까 하는. 그랬다면 천하 정복
도 불가능하지만은 않았을 텐데."

"난 빼 줘."

"하긴. 북해에서 태어났어도 넌 지금처럼 똑같이 재수 없었을 거야."

"후후후!"

농담이라고 하기에는 진심이 진하게 담겨 있는 북궁혁의 말에 석진호는 웃었다.

그러나 부정하지는 않았다.

북궁혁이나 모용천에게 자신이 충분히 그렇게 보일 수 있다는 걸 알고 있어서였다.

후우웅.

수다를 떠는 사이 한노를 휘감고 있던 기운이 일제히 육신으로 스며들었다.

동시에 한노가 눈을 떴다.

번쩍!

"……소궁주님?"

뜨인 두 눈에서 순간 무시무시한 기광이 번뜩였지만 그건 창졸간에 사라졌다.

대신 한노의 두 눈에는 옅은 놀람이 떠올랐다.

눈앞에 네 사람이 서 있자 놀란 것이었다.

"어후, 눈빛이 장난 아닌데? 눈빛만 봐도 오금이 저릴 지경이야."

"허허."

"축하해, 꿈에 그리던 경지에 올라선 것을."

"……감사합니다. 전부 다 소궁주님 덕분입니다."

자리에서 일어난 한노가 경건하게 고개를 숙였다.

북궁혁을 따라오지 않았다면 이런 기연을 만나지 못했을 것이기에 그는 진심으로 고마워했다.

"에이, 입은 삐뚤어졌어도 말은 바로 해야지. 내가 한 게 있나. 정확하게는 엄 대협이 다했지. 난 한노랑 같이 여기에 온 것밖에 한 게 없어."

"그게 제일 중요하지 않습니까. 만약 소궁주님께서 이곳에 오지 않으셨다면 전, 절대 깨달음을 얻지 못했을 겁니다."

한노가 심유한 눈으로 북궁혁을 시작해서 엄진근, 석진호를 차례대로 쳐다봤다.

이번에 초월경에 오르면서 그는 많은 것을 느끼고 깨달았다. 그래서 그는 확신할 수 있었다.

승천무관에 오지 않았다면 자신은 끝내 절망의 벽 앞에서 생을 마감했을 터였다.

"그건 모르는 거지. 안 그래?"

"인생은 어떻게 될지 아무도 모르는 거니까."

"근데 자연스레 인도하는 사람도 있더라고요."

건성으로 대답하는 석진호를 한노가 의미심장한 눈빛으로 쳐다봤다.

하지만 석진호는 그 눈빛을 외면했다.

굳이 알은체를 할 필요도 없었고.

"축하드립니다."

"고맙네. 자네가 어울려 준 덕분에 초월경에 오를 수 있었어."

"저도 도움이 많이 되었으니까요."

"자네도 곧 올라야지?"

"물론입니다. 아마 오르기만 하면 추월하는 건 금방일 겁니다."

엄진근이 특유의 무뚝뚝한 얼굴로 농담을 했다.

그러나 그의 말에도 한노는 웃었다.

"쉽지 않을 게야."

"남아 있는 시간은 제가 더 많습니다. 추월은 당연하죠."

"내가 마지막 난관에 막혀서 오랜 세월을 보낸 건 잊지 않았지?"

한노가 웃으며 받아쳤다.

하지만 엄진근은 자신만만했다.

그와 달리 엄진근에게는 석진호가 있어서였다.

"저에게 그럴 일은 없습니다."

"하긴."

석진호를 힐끔거리는 눈빛에 한노는 자기도 모르게 고개를 주억거렸다.

저 행동이 무엇을 뜻하는지 모르지 않아서였다.

또한 무인의 경지를 끌어 올리는 부분에서 석진호를 따라

올 자는 없었다.

'심지어 영물마저 쉽게 구해 오는 사람이니.'

마치 뒷간에 가다가 주웠다는 듯이 백년자패를 가져오는 게 석진호였다.

남들은 일생 동안 한 번 보기도 힘든 귀한 영물을 말이다.

"그러니 긴장하십시오."

"걱정 말게. 죽기 전에 따라잡힐 생각은 없으니."

"후후후!"

그간 매일같이 부대끼면서 많이 친해진 모양인지 엄진근이 평소의 그답지 않게 도발을 했다. 한노 역시 마찬가지인지 그 도발을 자연스럽게 받아들였고.

"물론 그 전에 현재의 격차에 대해서 확실하게 알려 줘야겠지."

"그렇게 말하면 제가 피할 것 같습니까?"

"당연히 아니겠지."

"오히려 새로운 힘에 적응하지 못해 제가 이길 수도 있지요."

"미안하지만 그럴 일은 없을 거야."

두 사람에게서 흘러나오는 기운이 팽팽하게 부딪쳤다.

그 모습에 석진호는 자연스럽게 북궁혁과 엄유강을 데리고 물러났다.

둘만의 시간을 만들어 주었던 것이다.

"부럽다."

"그럼 빡시게 수련해."

"여기서 더?"

"스스로 만족하는 순간 거기서 정체야."

북궁혁이 입술을 삐죽 내밀었다.

그도 알고 있었다.

다만 아는 걸 실천하는 게 힘들어서 그렇지.

그런데 곁에 있던 엄유강은 조용히 고개를 끄덕이고 있었다.

"간만에 한판 어때?"

"좋지."

북궁혁의 얼굴에 긴장이 서렸다.

대련이라고 해서 석진호는 절대 건성으로 하지 않았다.

친구라고 해서 봐주는 것도 전혀 없었기에 북궁혁 역시 전력으로 해야 했다.

물론 그래서 더 좋아하는 것도 있지만 말이다.

"이번에는 반드시 제대로 한 방 먹여 주마."

"얼마든지."

"으으! 저 얼굴을 때려야 하는데!"

북궁혁이 얄미워 죽겠다는 듯이 주먹을 쥐고서 부르르 떨었다. 하지만 그럴수록 석진호의 미소는 더욱 짙어졌다.

제73장 호랑이 굴에 제 발로

무거운 침묵이 실내를 가득 채웠다.

방 안 원탁에는 이십여 명의 사람들이 있었음에도 누구 하나 선뜻 입을 열지 못했다.

작금의 상황에 다들 입을 굳게 다물고 있었던 것이다.

'심각하군.'

불편할 정도로 무겁게 내려앉은 침묵에, 한자리를 차지하고 앉아 있던 당군성이 속으로 쓴웃음을 흘렸다.

역천마궁에 이어 서장무림에 두들겨 맞고 있는 현실이 너무나 씁쓸해서였다.

하지만 이 또한 받아 내고 견뎌 내야 했다.

중원무림은 늘 새외무림의 침공을 받아 왔고, 지금까지 잘 지켜 왔다.

때론 정복당한 적도 있지만 중원무림은 결국 수복했다.

"이대로 지켜만 볼 겁니까?"

계속 이어지는 침묵에 좌중의 눈치를 살피던 곽율기가 입을 열었다.

공동산의 주인이지만 현재는 공동산에서 쫓겨난 그는 여전히 분한 얼굴로 좌중을 둘러봤다.

"포달랍궁주의 무공을 막아 낼 방도를 찾기 전까지는 섣불리 움직이지 않기로 하지 않았나."

불만이 가득한 표정으로 좌중을 둘러보는 곽율기를 향해 화산파의 명진이 미간을 찌푸리며 입을 열었다.

본산을 어떻게든 빨리 되찾고 싶은 심정은 알겠으나 그렇다고 무턱대로 싸울 순 없었다. 그렇게 싸워서 이미 큰 피해를 본 만큼 신중하게 결정할 필요가 있었다.

"대체 언제까지 기다려야 합니까!"

울분이 가득 담긴 곽율기의 외침에 여기저기에서 눈살을 찌푸렸다. 다급한 마음을 모르는 건 아니었으나 너무 떼를 쓰듯 말하는 것 같아서였다.

"정 급하면 공동파 먼저 움직이든가."

으득!

곽율기가 이를 악물었다.

하지만 분노가 서린 곽율기의 시선을 명진은 피하지 않았

武人還生
무인환생

다.

"아미타불! 두 분 다 흥분을 가라앉히시지요. 우리끼리 싸워서 좋을 건 없지 않습니까."

"방장님, 이대로 두고만 볼 것입니까?"

중재하는 범율에게로 곽율기가 고개를 돌렸다.

소림사가 그의 뜻에 동조해 준다면 상황이 달라질 게 분명했기에 그는 간절한 눈빛으로 범율을 쳐다봤다.

"곽 장문인도 알고 있지 않소이까. 대책을 세우지 않고 싸우면 피해가 너무 큽니다."

"그렇다고 겁먹은 것처럼 웅크리고 있을 겁니까? 우리는 중원무림입니다!"

곽율기는 일부러 자극적인 단어를 선택했다.

체면에 죽고 사는 구파일방과 오대세가 수장들의 자존심을 건들기 위해서였다.

그러나 안타깝게도 그의 말에 반응하는 이는 없었다.

"맞습니다. 하나 체면 때문에 불필요한 피를 흘릴 필요는 없지 않겠습니까."

"희생 없는 승리는 없습니다. 또한 전쟁에서 피를 안 흘릴 수는 없습니다."

"그 또한 맞습니다. 하지만, 흘리지 않을 수 있는 피는 최대한 안 흘리는 게 좋지 않겠습니까."

으드득!

곽율기가 이를 악물었다.

이렇게까지 말하는데도 꿈쩍도 하지 않자 답답했던 것이다.

하지만 공동산을 빼앗긴 상태이기에 그로서는 어떻게든 되찾아와야만 했다.

"냉정하고 차분하게 생각할 필요가 있습니다. 무작정 싸우는 건 저 역시 반대입니다."

"그럼 언제까지 참아야 한다는 거요!"

제갈민마저 동조하자 곽율기가 답답하다는 듯이 소리쳤다. 하지만 그럴수록 싸늘한 눈빛만이 그에게 집중될 뿐이었다.

그의 심정을 모르는 것은 아니나 지금은 무모하게 달려들 때가 아니었다.

"참으라 한 적 없다. 그렇게 싸우고 싶으면 싸워. 우리야 나쁠 거 없으니까."

"장문인!"

"그 전에 나랑 싸우고 싶은 건가?"

명진이 서늘한 눈빛으로 곽율기를 쳐다봤다.

그러자 곽율기가 이를 악물었다.

흥분하기는 했으나 그렇다고 정신 줄을 놓은 건 아니었다.

아무리 그가 공동파의 장문인이라지만 화산권왕에 비할 수는 없었다.

"허허! 대책을 찾기 위해 만든 자리이지 않습니까. 자, 자!

武人還生
무인환생

두 분 다 그만하시지요."

이번에는 제갈민이 두 사람을 말렸다.

그러자 곽율기가 못 이기는 척 고개를 돌렸다.

반면에 명진은 코웃음을 쳤다.

본산을 빼앗긴 주제에 너무 날뛰는 것 같아서였다.

어떻게든 방법을 찾을 생각은 하지 않고서 무조건 싸울 생각만 하는 게 그로서는 도저히 이해가 가지 않았다.

그렇다고 자신이 앞장서서 싸울 것도 아닌데 말이다.

"현재로써는 포달랍중주의 공격에 버틸 수 있는 인원만 나서는 게 맞다고 봅니다."

"그 기준이 아직 명확하지 않지 않습니까."

"소수 정예로 싸운다고 해도 문제입니다. 수적으로 너무 차이가 나면 정작 잡아야 할 포달랍궁주를 잡지 못할 수도 있습니다."

"각개격파를 당할 가능성도 생각해야 합니다. 서장무림이 공동산에 오르지 않는 건 장기전도 생각하고 있음을 뜻합니다."

남궁후가 운을 떼기 무섭게 여기저기에서 의견이 쏟아져 나왔다.

더 이상 곽율기가 나서지 못하도록 아예 원천 봉쇄를 하는 것이었다.

"소림사의 사자후(獅子吼)와 곤륜파의 창룡후(蒼龍吼)도 포달랍궁주의 공격을 잠시 흩트려 놓는 게 전부이니."

모두의 얼굴이 어두워졌다.

단 한 번뿐이었으나 포달랍궁주의 무시무시함을 느끼기에는 충분했다. 다들 똑같은 광경을 떠올리는 모양인지 안색이 좋지 않았다.

"진퇴양난이로군."

죽은 무당검존을 대신해 새로이 무당파의 장문인이 된 원혜가 깊은 한숨을 쉬었다.

역천마궁도 그렇고 너무 막강한 적이 예고 없이 뛰쳐나오는 것 같아서였다.

"포달랍궁주도 문제지만 서장무림의 십대문파 역시 만만치 않습니다. 십대문파의 수장들 실력이 상당합니다."

"으음!"

청성파 장문인의 말에 아미파의 장문인이 침음을 흘렸다.

직접 겪어 보았기에 반론을 할 수가 없었다.

"역천마궁만 아니었다면……."

팽진극이 입맛을 다셨다.

역천마궁이 발호하지 않았다면 사태가 이렇게까지는 악화되지 않았을 것 같아서였다.

"그래도 이번만은 우리 선에서 해결해야 합니다."

"맞습니다. 추태를 보일 수는 없지요."

"우리도 할 수 있다는 걸 보여 줘야지."

무인환생

당군성을 위시로 남궁후와 풍절이 입을 열었다.

역천마궁을 막아 내기는 했으나 사실 그건 중원무림의 힘으로 막아 낸 것이 아니었다.

석진호와 북해빙궁주가 반 이상 막아 낸 것이나 마찬가지였기에 세 사람은 이번 서장무림만큼은 자신들의 손으로 막아 내고 싶었다.

"맞습니다. 아직 장강의 뒤 물에 밀릴 나이는 아니라고 생각합니다."

"저 역시 그렇습니다."

거기에 범율과 원혜가 동조했다.

더 이상 못난 모습을 보이고 싶지는 않아서였다.

천하제일인은 배출하지 못했어도 천하제일문파라는 수식어는 놓치고 싶지 않았다.

"저는 생각이 조금 다릅니다."

어느 정도 정리가 되어 갈 때 갑자기 잠자코 있던 곽율기가 입을 열었다.

그러자 모두의 시선이 그에게로 집중되었다.

"뭐가?"

"쓸 수 있는 패는 모두 다 써야 하지 않겠습니까. 석진호역시 중원인입니다. 그런 만큼 도움을 요청할 수 있다고 저는 생각합니다."

모두와 눈을 마주하며 곽율기가 말을 이었다.

그러자 몇몇 이들이 크게 고개를 끄덕였다.

다들 말을 안 해서 그렇지 이런 생각을 하고는 있었다.

당대 천하제일인인 만큼 석진호가 합류한다면 천군만마를 얻는 것이나 다름없었다.

"웃기는군."

다만 문제는, 다른 생각을 가지고 있는 이들도 있다는 점이었다.

특히 풍절은 어처구니가 없다는 표정을 지었다.

곽율기가 뒤에서 어떤 공작을 벌였는지 다 알고 있었기에 그는 코웃음을 쳤다.

"왜 그러십니까?"

"네놈이 했던 짓, 진호가 모를 줄 아느냐?"

"……지금은 사소한 분쟁은 잠시 미뤄 둬야 할 때라고 생각합니다."

"그건 네 생각이겠지. 그리고 네놈의 음흉한 속셈을 모를 것 같아? 상황이 이러니 진호를 이용하려는 거 아니냐. 이이제이라고, 포달랍궁주와 양패구상하면 좋겠다고 생각하고 있겠지."

"아닙니다."

곽율기가 황급히 고개를 저었다.

하지만 그의 속내는 달랐다.

너무나 깜짝 놀라서 심장이 벌렁거릴 정도였다.

무인환생

"아니라고?"

"저는 그저 대의를 생각할 뿐입니다. 현재 중원에서 가장 중요한 문제는 이곳에 터를 잡은 서장무림을 쫓아내는 것 아니겠습니까. 저는 오직 그것만 생각하고 말한 겁니다."

곽율기가 그리 말하며 주변을 둘러봤다.

지금껏 은연중에 함께했던 이들에게 동조를 요구한 것이다. 그런데 분위기가 묘하게 흘러갔다.

석진호의 도움이 필요한 건 맞지만 그들도 내심 풍절과 같은 생각을 하고 있었다.

"무량수불. 빈녀 역시 같은 생각이에요. 답이 없다면 모를까 벌써부터 천룡검제에게 도움을 청하는 건 아닌 것 같아요."

"원시천존. 나도 법정 사태와 같은 생각이외다. 예상했던 것보다 서장무림의 전력이 강하다고 하나, 전쟁에 손을 보태고자 하는 영웅호걸들이 끊임없이 집결하고 있소이다. 그런 만큼 충분히 해볼 만하다고 생각하오."

아미파의 법정을 거들며 청성파의 해만이 입을 열었다.

예상과는 달리 포달랍궁주가 강하다고 하나 그렇다고 상황이 또 최악인 건 아니었다. 다만 예상치 못한 포달랍궁주의 신위에 잠시 밀려 있을 뿐.

"방법을 찾아봅시다."

"아직 우리가 건재하단 걸 보여 줘야지요."

"시간이 흐를수록 유리한 건 우리입니다. 그러니 차분하게 대책을 찾아보죠."

자신의 의도와는 전혀 다른 방향으로 흘러가는 분위기에 곽율기의 입술이 비틀어졌다.

하지만 그가 할 수 있는 건 아무것도 없었다.

그에게 동조하는 이들이 없는 건 아니었지만 안타깝게도 그들의 발언권은 그리 높지 않았다.

'멍청한 것들! 우리의 힘이 약해질수록 그놈의 영향력이 더욱 커진다는 것을 왜 모르는 것이냐! 황보세가가 합류하지 못한 것도 그놈 때문인데!'

곽율기는 가슴이 답답했다.

하고 싶은 말이 엄청나게 많았지만, 할 수 없었다.

말한다고 한들 지금의 분위기가 달라지지 않을 것 같았고 말이다.

"포달랍궁주의 무공이 무시무시하지만 해결책이 없는 건 아닙니다. 소림사와 곤륜파의 경우 일시적이긴 하나 포달랍 궁주의 무공을 흩어 버릴 수 있으니 그사이에 범위 밖으로 물러나면 됩니다."

"그 틈을 타 우리가 협공을 하면 되고."

"서장무림 십대문파의 수장들이 달려들 것입니다."

"그들은 우리가 맡지."

천하십대고수에 들지는 못했으나 구파일방과 오대세가의 수장들 역시 중원무림을 대표하는 고수들이었다.

백대고수를 꼽으면 최상위에 거론될 만한 실력자들이 그들이었기에 다들 서로를 쳐다보며 눈을 빛냈다.

정석이지만 지금으로써는 이 수밖에 없다는 걸 모두가 알고 있어서였다.

"숫자는 우리가 유리합니다. 그러니 포달랍궁주를 비롯한 서장 십대문파의 수장들만 잡으면 생각보다 쉽게 전쟁을 끝낼 수 있습니다."

"실패하면 우리 역시 피해가 크겠지만."

"그러니 반드시 이겨야 합니다."

제갈민이 남궁후를 쳐다봤다.

현재 가장 큰 전력이라 할 수 있는 소림권존과 남궁후, 명진, 당군성이 포달랍궁주를 잡아 줘야지만 승산이 있었다.

물론 십대문파가 그걸 가만히 지켜보지는 않겠지만 네 사람을 제외한 천하십대고수들과 구파일방, 오대세가의 수장들이 나서 준다면 시간은 충분히 벌어 줄 터였다.

"해 보는 수밖에."

"계획한 대로 되지는 않겠지만, 일단 상황에 맞춰서 해 보자고."

제갈민의 주도하에 회의가 빠르게 정리되었다.

그리고 그 모습을 곽율기는 가만히 지켜봤다.

마치 어떻게 될지 지켜보겠다는 듯이 말이다.

일촉즉발의 팽팽한 긴장감을 유지하는 감숙성과 달리 하북성의 황화현은 평화로웠다.

　공동산과의 거리도 거리지만 황화현에는 당대 천하제일인이 터를 잡고 있기에 무인들은 물론이고 일반 양민들조차 평온하게 하루하루를 보내고 있었다.

　"분위기가 너무 다르군."

　"그만큼 천룡검제가 인정받고 있다는 뜻 아니겠습니까."

　"고작 스무 살에 천하제일인이라. 천마와 장삼봉도 그 정도까지는 아니었던 것 같은데."

　"개인적으로 아쉽습니다. 천룡검제 정도의 인재가 서장무림에서 태어났으면, 궁주님의 제자였다면 향후 이백 년은 중원을 지배했을 테니까요."

　중원 양식과는 사뭇 다른 승복을 입고 있던 왜소한 체격의 노승이 인자하게 웃었다.

　일호법의 마음을 그는 이해할 수 있어서였다.

　"그랬을 수도 있겠지. 하지만 이미 인연은 이렇게 흘러왔으니 어쩔 수 없어. 그리고 천룡검제만 한 재능을 가진 아이가 서장에도 있을 게다. 꼭 중원무림에서만 희대의 천재가 태어나는 건 아니니."

　"더욱 분발하겠습니다."

사대호법이 동시에 대답했다.

마치 무슨 수를 써서라도 찾아내겠다는 사대호법의 대답에 노승이 푸근한 미소를 머금으며 고개를 돌렸다.

그러자 어느새 훌쩍 가까워진 승천무관의 정문이 눈에 들어왔다.

'이번에는 날 실망시키지 말아야 할 텐데.'

노승의 눈빛이 달라졌다.

언제 인자했었냐는 듯이 유리알처럼 투명한 눈동자로 노승은 승천무관의 현판을 쳐다봤다.

그러나 그의 머릿속에 떠오른 건 소림권존을 비롯한 천하십대고수였다.

'기대 이하였지.'

노승은 은근히 기대했었다.

자신을 긴장시킬 만한 고수가 있기를 말이다.

그러나 그 대단하다던 소림권존도 그의 눈에는 차지 않았다. 분명 소림권존의 성취는 상당한 수준이었으나 그에 비하면 너무나 부족했다.

"제가 앞장서겠습니다."

"그게 무에 중요하겠느냐. 괜찮다."

일호법의 말에 노승이 고개를 저었다.

누가 먼저 들어가는지는 중요치 않았다.

그에게 있어 중요한 것은 오늘의 발걸음이 헛되지 않는 것이었다.

"하오나……. 어?"

"뭐, 뭐야?"

일호법이 말을 끝까지 잇지 못했다.

그뿐만 아니라 다른 세 명의 호법들이 발 빠르게 노승의 앞을 가로막았다.

정문에서부터 느껴지는 무시무시한 기파에 본능적으로 반응한 것이었다.

"천룡검제인가."

반면에 노승은 살짝 기대한 표정을 지었다. 이만한 존재감을 뿌릴 수 있는 고수는 천하에서도 드물었다.

언뜻 느껴지는 기세가 소림권존과 비교해도 뒤떨어지지 않기에 노승은 눈을 빛내며 정문을 쳐다봤다.

저벅저벅.

이윽고 정문에서 두 개의 그림자가 나타났다.

한데 둘을 본 노승의 얼굴이 굳어졌다.

"서장의 복장이군."

"허어, 진짜 포달랍궁입니다."

노인과 장년인의 등장에 사대호법의 얼굴이 딱딱하게 경직되었다.

상당한 기운을 풍기기에 네 사람은 당연히 둘 중 한 명이 석진호일 거라고 생각했다.

무인환생

그런데 정작 나타난 이 중에 젊은이는 없었다.

"……승천무관은 천룡검제 말고 인물이 없는 것으로 알고 있는데."

"진짜 포달랍궁주인가?"

한노와 노승의 시선이 허공에서 부딪쳤다.

그러나 둘 중 누구도 서로의 질문에 대답하지 않았다.

그저 상대방을 지그시 쳐다보기만 했다.

-저런 이들이 있다는 이야기는 못 들었는데.

-풍기는 기운으로 보건대 북해빙궁 쪽 인물 같습니다.

-소궁주를 보필하는 이는 초절정 고수라 하지 않았느냐?

일호법이 당황한 눈으로 두 명을 쳐다봤다.

다시 봐도 벽을 넘은 고수로밖에는 보이지 않아서였다.

-옆에 있는 장년인도 만만치 않습니다. 절대 우리의 아래가 아닙니다.

삼호법 역시 무거운 얼굴로 입을 열었다.

언뜻 느껴지는 장년인의 기도 역시 범상치 않아서였다.

승천무관에 대해 조사했을 때 이런 내용은 없었기에 사대 호법은 하나같이 당혹스러운 얼굴로 서로를 쳐다봤다.

"여기로 올 줄은 몰랐는데."

한노가 긴장한 기색 하나 없이 중얼거렸다.

포달랍궁은 북해로 치면 북해빙궁과 비슷한 위치에 있었다.

서장무림을 지배하는 맹주라고 해도 과언이 아니었다.

당장 느껴지는 기도 역시 그보다 윗줄에 있었고.

하나 한노는 당황하지 않았다.

그보다 더한 괴물을 알고 있어서였다.

"본좌의 말에 대답을 하지 않는군."

"할 필요가 없으니까. 그쪽 역시 확신하고 있으면서."

"하긴."

노승은 고개를 주억거렸다.

애초에 대화는 필요 없었다.

교분을 나누고자 이곳에 온 게 아니니까.

그가 여기에 온 이유는 중원무림의 천하제일인을 짓밟기 위해서였다.

'시작을 저 둘로 해서 나쁠 건 없지.'

생각지도 못한 초월경의 고수였으나 그에 비하면 조족지혈에 불과했다.

이제 막 초월경에 발을 디딘 무인 정도는 단 일 수에 치워 버릴 수 있기에 노승은 놀랐던 심장을 가라앉히며 포달랑궁이 자랑하는 신공이자 역대 궁주들 중에서도 제대로 익힌 이가 없었던 여의무상신공(如意無上神功)을 일으켰다.

—자, 나를 안내해라.

키이이잉!

노승의 전음에 한노와 엄진근이 비틀거렸다.

갑자기 머리로 파고드는 소리에 정신이 멍해졌던 것이다.

그리고 그 모습을 노승이 의미심장하게 쳐다봤다.

나름 저항하고 있었으나 얼마 가지 못할 터였다.

"갈!"

그런데 그때 예상치 못한 일이 벌어졌다.

일갈과 함께 거대한 기파가 해일처럼 일어나 노승의 여의무상신공을 헤집어 놓았던 것이다.

"무슨!"

무려 이 갑자가 넘는 세월 동안 각고의 노력 끝에 겨우 대성한 무공이 여의무상신공이었다.

인생 전부를 갈아 넣었다고 해도 과언이 아닌 무공이었고, 감숙성에서 신위를 증명한 바 있는 무공이었다.

그런데 사자후나 창룡후도 아닌 단순한 일갈에 여의무상신공이 흔들리자 노승은 믿을 수가 없었다.

"혹시나 했는데 진짜 여의무상신공을 대성했군."

"……그걸 어떻게?"

노승의 두 눈이 다시 한번 부릅떠졌다.

그리고 그건 노승을 보필하듯 서 있던 사대호법 역시 마찬가지였다.

누구도 알아보지 못한 노승의 무공을 단박에 알아보자 다섯 명은 믿을 수 없다는 눈빛으로 걸어 나오는 청년을 쳐다봤다.

"백오십 년을 살았다기에 혹시나 하기는 했는데. 진짜 세월을 갈아 넣었군."

"어떻게 알았지?"

"그건 중요하지 않고. 구파일방과 오대세가만으로는 부족했던 모양이야?"

"나에겐 중요하다. 대답해라. 어떻게 여의무상신공을 알고 있지?"

포달랍궁주가 매서운 눈으로 석진호를 노려봤다.

그러면서 그는 은밀히 여의무상신공을 일으켰다.

한노와 엄진근에게 했던 것처럼 석진호에게도 여의무상신공을 펼쳤던 것이다.

'이놈을 조종할 수 있다면 중원 정복이 더욱 쉬워질 것이다.'

직접 나설 수도 있지만 그러기에는 몸뚱이가 너무 늙었다.

흐르는 세월은 그도 어쩔 수가 없었던 것이다.

하지만 석진호를 조종한다면 얘기가 달라졌다.

그의 손에 피 한 방울 묻히지 않고 중원을 정복하는 게 가능했다.

'가장 좋은 건 차도살인(借刀殺人)이지.'

석진호와 승천무관의 전력을 이용한다면 중원무림을 뒤집어 버리는 것도 불가능은 아니었다.

지금 느껴지는 석진호의 무위는 결코 그의 아래가 아니었

무인환생

다. 그렇기에 포달랍궁주는 여의무상신공을 극성으로 일으켰다.

'영웅의 손에 몰락하는 중원무림이라. 생각만 해도 짜릿하구나.'

기분 좋은 상상을 하며 포달랍궁주는 계속해서 석진호의 정신을 공략했다. 단순히 제압하는 걸 넘어 스스로 굴복해서 따르도록 공을 들였던 것이다.

그런데 석진호의 표정이 묘했다.

마치 어디까지 하는지 지켜보겠다는 표정이었다.

'뭐지?'

뒤늦게 석진호의 표정을 본 포달랍궁주가 미간을 좁혔다.

이상한 기시감이 들었던 것이다.

"여의무상신공을 너무 맹신하는 것 같은데. 세상에 완벽한 무공은 없어. 특히 나에게는 상극이나 마찬가지지."

"어떻게?"

포달랍궁주가 당혹스러운 표정을 지었다.

여의무상신공이 제대로 펼쳐졌음에도 불구하고 아무렇지도 않은 것 같아서였다.

상당한 공부를 쌓은 소림권존조차도 제대로 대응하지 못한 게 바로 여의무상신공이었다.

한데 석진호는 조금의 영향도 받지 않은 듯했다.

"말했잖아, 너한테는 내가 상극이나 마찬가지라고."

"그럴 리 없다! 큭!"

갑자기 지끈거리는 머리에 포달랍궁주가 신음을 흘렸다.

마치 여의무상신공이 역류하는 듯한 느낌에 포달랍궁주는 두 손으로 머리를 부여잡았으나 두통이 줄어들기는커녕 더욱 심해졌다.

"다른 무인들은 정신 공격에 면역이 없어서 속수무책으로 당했겠지만 난 달라. 정신력으로 따지자면 누구에게도 지지 않거든."

"이, 이게 무슨……!"

고통으로 얼굴을 잔뜩 일그러뜨린 포달랍궁주가 말을 더듬었다. 역으로 당하는 정신 공격에 정신을 차릴 수가 없었던 것이다.

그와 동시에 황급히 여의무상신공을 거두었다.

이대로 가다간 역으로 잡아먹힐 것 같아서였다.

─고작 백오십 년 가지고 그러면 안 되지. 억겁의 시간을 살아온 사람도 있는데.

"허업!"

포달랍궁주의 안색이 창백하게 변했다.

방금 전 자신이 본 게 헛것이 아님을 알 수 있어서였다.

하지만 그는 이내 고개를 휘저었다.

석진호의 말을 곧이곧대로 믿을 필요는 없다고 생각해서였다.

무인환생

"거짓말 같아?"

"그, 그럴 리 없다! 인간이 어찌!"

"네가 아는 게 전부가 아냐. 이 세상에는 알려진 것보다 알려지지 않은 게 더 많아."

석진호가 씨익 웃었다.

여의무상신공으로 잠시 동안이지만 두 사람의 정신세계는 연결되었었다.

그렇기에 포달랍궁주는 봤을 터였다.

자신의 정신이 어떠한지 말이다.

"괴, 괴물……!"

"네가 그렇게 말할 주제는 아니라고 생각하는데. 보통 사람이었으면 두 번은 죽었을 세월을 끝끝내 붙잡고 있는 네가 말이지."

"궁주님!"

도무지 정신을 차리지 못하는 포달랍궁주의 모습에 일호법이 황급히 다가갔다.

상황을 보건대 지금껏 절대적인 위력을 발휘했던 여의무상신공이 통하지 않는 듯했다.

또한 그 충격으로 인해 정신적으로 많이 흔들리는 듯해 보였고.

'이대로는 안 된다.'

예상과는 전혀 다른 결과에 그 역시 당혹스러웠으나 지금은 놀라고 있을 새가 없었다.

일단은 무사히 빠져나가야 했기에 그는 동생들에게 눈짓했다.

눈빛으로 우선 시간을 벌어 달라고 했던 것이다.

-부탁한다.

-걱정 마십시오!

짧은 대화였으나 의미는 확실하게 전달되었다.

그래서인지 일호법을 제외한 세 명은 번개같이 석진호에게 달려들었다.

자신들이 석진호를 붙잡고 있는 사이 일호법이 포달랍궁주를 빼내려는 것이었다.

"어딜!"

그러나 세 명의 호법보다 먼저 움직인 사람이 있었다.

그림자처럼 석진호의 뒤에 시립해 있던 엄유강이 매섭게 눈을 빛내며 도를 뽑아 들었던 것이다.

거기다 엄진근과 한노도 합류했다.

꽈아앙!

어느 누구 하나 만만치 않은 실력자였기에 세 명의 호법은 달려든 것보다 더 빠른 속도로 튕겨 바닥을 나뒹굴었다.

하지만 목표는 달성했다.

세 사람이 시간을 버는 사이 일호법이 무사히 포달랍궁주를 챙겼던 것이다.

무인환생

"쯧쯧! 여기는 올 땐 마음대로 와도 갈 땐 마음대로 갈 수 있는 곳이 아니야."

뒤도 돌아보지 않고 도망치는 일호법을 향해 석진호가 중얼거렸다.

그런데 그때 한 줄기 섬광이 번뜩였다.

벼락을 닮은 무언가가 일호법의 오른쪽 다리를 스치고 지나갔다.

"크아악!"

무언가 날아오는 것을 느끼지도 못했는데 무릎 아래가 깨끗하게 절단됐다.

하지만 신음은 잠시였다.

일호법은 중심을 잃고 바닥을 한 바퀴 구르기 무섭게 다시 몸을 일으켰다.

한쪽 다리를 잃었지만 그렇다고 움직이지 못하는 건 아니었기에 어떻게든 도망치려 했다.

우뚝!

그러나 그는 이내 멈춰 설 수밖에 없었다.

영롱하게 빛나는 한 자루의 검이 그의 앞을 가로막고 있어서였다.

"허허허! 허허허허!"

완벽한 검의 형상을 하고 있는 기형검의 모습에 일호법에게 반쯤 안겨 있다시피 한 포달랍궁주가 허탈한 웃음을 흘렸다.

뒤늦게 자신이 얼마나 오만방자한 선택을 했는지 알 수 있어서였다.

여의무상신공에 취해, 벌써부터 천하제일인이 된 것처럼 세상을 내려다봤었다.

그러나 하늘 위에는 하늘이 있었다.

'괜한 욕심을 부렸어…….'

평생을 여의무상신공에 쏟아부었다.

그리고 결국 대성했다.

역대 궁주들 중 누구도 대성하지 못했던 여의무상신공을 말이다.

한데 목표를 이루니 욕심이 생겼다.

천하에 포달랍궁의 이름을, 자신의 이름을 알리고 싶어졌다.

서장을 넘어 중원에도 말이다.

그러나 과욕의 끝은 역시나 좋지 않았다.

"구, 궁주님! 제가 어떻게든 붙잡고 있을 테니……!"

"늦었다. 내 육신으로는 도망칠 수 없어."

"크흑!"

포달랍궁주가 비쩍 마른 자신의 양팔을 들어 올렸다.

여의무상신공을 대성했으나 대신 그의 육신은 쇠약해질 대로 쇠약해졌다.

더 이상 치고받고 싸우지 못할 정도로 말이다.

"너무 성급했어. 조금만 더 신중했더라면. 아니, 이곳에 올 생각을 하지 않았다면……."

"궁주님……."

포달랍궁주가 멍하니 허공을 응시했다.

자충수도 이런 자충수가 없었다.

그러나 후회한들 이미 늦었다.

저벅저벅.

사신의 발소리가 이러할까.

포달랍궁주는 등골에 소름이 돋았다.

그러나 도망치지는 않았다.

대신 모든 걸 내려놓은 얼굴로 몸을 돌렸다.

"어떻게 당신 같은 존재가 있을 수 있는 거지?"

"그건 나도 몰라. 그래서 나 역시 답을 찾아 가는 중이고."

"……감숙성으로 갈 건가?"

"내가 왜?"

포달랍궁주가 두 눈을 질끈 감았다.

다시 한번 자신이 얼마나 어리석은 짓을 했는지 느낄 수 있어서였다.

만약 그가 승천무관을 찾지 않았다면, 당대의 천하제일인을 쓰러뜨리겠다는 욕심을 부리지 않았다면 지금과 같은 일은 벌어지지 않았을 터였다.

애초에 석진호는 그나 포달랍궁에는 관심도 없었으니까.

'호랑이 굴을 스스로 찾아왔으니…….'

이미 사대호법 중 세 명은 죽었다.

마지막까지 발악했음에도 결국 살아남지 못했던 것이다.

게다가 곁에 있는 일호법 역시 정상이 아니었다.

"염치없다는 거 알지만, 살려 줄 수 없나?"

"내가 왜 그래야 하지? 날 죽이러 온 놈을 말이야."

"……다시는 중원에 얼씬도 하지 않겠다고 약속하지. 대대로 중원에 욕심을 부리지 말라고 글도 남겨 놓겠네."

포달랍궁주는 모든 걸 내려놓았다.

이대로 자신이 여기서 죽어 버리면 포달랍궁은 물론이고 서장무림은 감숙성에 지리멸렬할 게 분명했다.

아니, 분노한 중원무림이 서장을 침공할 가능성이 농후했기에 포달랍궁주는 비참하지만 목숨을 구걸했다.

어떻게든 최악의 상황만은 막아야 한다는 생각이 들어서였다.

"사람 마음이 참 간사해. 남을 죽일 때는 조금도 고민하지 않으면서 자신이 죽을 상황이 닥치면 어떻게든 이유를 만들어 합리화를 하지. 사실은 죽고 싶지 않은 건데 말이야."

"……부정하지 않겠네. 하지만 자네도 내가 있어야 편해지지 않겠나."

짧은 시간이었지만 석진호에 대해 파악하기에는 충분했다. 그렇기에 포달랍궁주는 무릎을 꿇고서 석진호를 쳐다봤다.

武人還生
무인환생

쓸모가 있는 만큼 석진호로서도 나쁘지만은 않을 거라고 생각해서였다.

"그건 네 생각이지."

"하아압!"

석진호가 코웃음을 흘리며 대답할 때 시체처럼 굳어 있던 일호법이 뜬금없이 몸을 날렸다.

포달랍궁이 자랑하는 절학인 밀종대수인(密宗大手印)을 극성으로 펼치며 석진호에게 달려들었던 것이다.

ㅡ지금 도망치십시오! 제가 틈을 만들겠습니다!

잠력까지 격발한 일호법이 피를 토하는 듯한 음성으로 전음을 날렸다.

동귀어진의 수법을 펼치며 어떻게든 포달랍궁주가 도망칠 시간을 벌려 했던 것이다.

그야말로 죽음을 각오한 눈물겨운 충정이었으나 포달랍궁주는 도망치는 대신 두 눈을 질끈 감았다.

뻐어어엉!

혼신의 힘을 다한 일격이었으나 안타깝게도 그의 죽음은 무의미했다.

그리고 그 사실을 포달랍궁주 역시 알고 있었고.

괜히 그가 가만히 있는 게 아니었다.

제아무리 일호법이 포달랍궁의 사대호법이며 서장무림이 자랑하는 고수라고 하나 석진호에게는 애송이나 다름없었다.

'시간은 무슨.'

일호법의 충정은 고마웠으나 상대가 나빴다.

여의무상신공을 펼칠 때 창졸간이긴 했으나 포달랍궁주는 석진호의 진체(眞體)를 엿볼 수 있었다.

유구한 삶을 살아온 말도 안 되는 존재를 말이다.

그렇기에 일호법이 목숨을 바쳐 틈을 만들어 주었음에도 도망치지 않았다.

투둑. 투두둑.

화탄이라도 맞은 것처럼 산산조각 난 일호법의 육편이 바닥으로 떨어졌다.

그중 몇 개는 포달랍궁주의 몸에 떨어졌으나 그는 꼼짝도 하지 않았다.

"의외로군. 시도는 할 줄 알았는데."

"의미 없다는 걸 아니까."

"그래도 혹시 모르잖아?"

"차라리 설득을 해서 확언을 받는 게 낫다고 생각해서."

포달랍궁주가 감고 있던 두 눈을 떴다.

그러고는 간절한 눈으로 석진호를 쳐다봤다.

"현명한 선택이야."

"쓸데없는 피를 흘리는 것보다는 희생을 최소화하는 게 낫지 않겠나?"

"먼저 피를 흘리겠다고 달려든 건 너야."

"그러니 더욱더……! 읍!"

포달랍궁주의 왜소한 육신이 서서히 떠올랐다.

동시에 그의 얼굴이 시뻘겋게 달아올랐다.

무형지기가 목을 압박해 숨을 쉴 수가 없어서였다.

하지만 그 상태에서도 포달랍궁주는 어떻게든 말을 하려고 했다.

"그러니 책임을 져야지. 부처님의 가르침 중에 이런 말이 있잖아? 인과율이라고. 무릇 모든 결과에는 원인이 있는 법이지."

"사, 살려……!"

우득!

포달랍궁주의 말은 더 이상 이어지지 못했다.

단숨에 목이 꺾이며 절명한 것이었다.

"마룡아."

"예, 옙!"

"시체들 잘 챙겨서 개방에 가져다줘. 그럼 나머지는 알아서 할 거다."

"알겠습니다!"

대수롭지 않은 얼굴로 정마룡에게 지시한 석진호가 몸을 돌렸다.

하지만 주위에 있던 이들은 좀처럼 움직이지 못했다.

간접적으로나마 포달랍궁주의 힘을 느꼈기에 그들은 더욱

더 충격을 받았다.

포달랍궁주의 여의무상신공이라는 무공도 놀라웠지만 그보다 더욱 놀라운 건 석진호의 무위였다.

"뭘 그렇게 생각해? 그냥 단순하게 생각해. 우리랑은 아예 다른 존재라고. 괜히 포달랍궁주가 괴물이라 그랬겠어?"

"그렇게 생각하는 게 속 편하긴 하죠."

여전히 정신을 차리지 못하는 한노에게로 북궁혁이 다가왔다.

표정만 봐도 무슨 생각을 하고 있는지 알 수 있었기에 북궁혁은 한노의 어깨를 두드렸다.

비교하고 고민해 봤자 드는 건 자괴감밖에 없다는 걸 잘 알아서였다.

"여의무상신공이라. 확실히 포달랍궁도 대단한 곳이야. 괜히 전통과 역사가 있는 문파가 아니라니까."

"……정말 생각지도 못한 무공이었습니다."

한노가 몸을 부르르 떨었다.

다시 생각해 봐도 끔찍한 무공이었다.

정신을 직접적으로 공격하는 무공이라니.

들도 보지도 못한 무공에 속수무책으로 당하던 스스로가 떠오르자 그는 너무나 부끄러웠다.

'나도 모르게 자만하고 있었을 줄이야.'

하늘 위에 하늘이 있음을 알면서도 그는 남모르게 자만하

武人還生
무인환생

고 있었다.

초월경에 올랐다고 내심 오만하게 세상을 내려다봤던 것이다.

하지만 세상은 넓었고, 강자는 많았다.

포달랍궁주 역시 세상 넓은 줄 모르고 날뛰다가 비명횡사했고.

"이번에 알았으니까 됐어. 처음이야 모르고 당할 수도 있는 거니까."

"……석 공자님이 나서지 않았다면 큰일이 났을 겁니다."

한노가 다른 의미로 몸을 떨었다.

직접 당해 봤기에 여의무상신공의 무서움을 절절히 느낄 수 있었다.

어쩌면 그가 눈앞에 있는 북궁혁을 죽였을지도 몰랐다.

"나도 그렇게 생각해. 여의무상신공은 단순히 현혹술이라 말하기에는 지고한 경지에 있으니까. 가히 정신 지배라고 해도 과언이 아니랄까. 근데 궁금한 건 진호가 여의무상신공을 어떻게 알았느냐는 거지."

"저도 궁금합니다."

정도무림의 중심이라 할 수 있는 구파일방과 오대세가의 수장들도 가까스로 빠져나온 무공이 여의무상신공이라고 했다.

심지어 이러한 무공이 있다는 사실조차 아는 이가 없었다고 들었다.

그런데 석진호는 한눈에 알아봤을 뿐만 아니라 완벽하게 파훼했다.

포달랍궁주가 아무것도 할 수 없을 정도로 말이다.

"비밀이 너무 많아. 남자가 그러면 매력 없는데."

"숨겨진 게 너무 많습니다. 곡주님도 그렇고, 진근이도 그렇고."

승천무관이란 이름은 이제 강호 전역에 퍼져 있었다.

석진호의 별호인 천룡검제라는 별호와 함께 말이다.

하지만 정작 제대로 알고 있는 이는 없었다.

그 점이 한노는 문득 섬뜩하게 다가왔다.

'……괜히 포달랍궁주가 온 게 아니야.'

포달랍궁주가 멍청해서 사대호법만 대동하고 승천무관에 왔을까?

절대 그럴 리 없었다.

조사란 조사는 다 한 끝에 할 만하다고 생각하고 찾아왔을 것이었다.

중원무림을 뒤집어 버린 역천마궁주를 홀로 때려잡은 게 석진호인데 단순히 자신이 있다고 찾아올 리는 없었다.

"비밀이 많긴 하지. 근데 굳이 그걸 꼭 우리가 알아야 할 필요는 없잖아? 중요한 건 내가 진호와 친구라는 점이고, 승천무관은 북해빙궁의 적이 아니라는 거지."

"맞습니다."

무인환생

"앞으로도 그럴 거고. 그러니 쓸데없는 생각은 하지 마. 그러다가 괜히 역린을 건드릴 수도 있으니까."

"명심하겠습니다."

"들어가자고."

석진호의 지시대로 시체 다섯 구를 챙겨서 멀어지는 정마룡과 탁윤을 잠시 지켜본 북궁혁은 다시 건물로 들어갔다.

내일쯤이면 감숙성에서 난리가 날 게 분명하다고 예상하면서 말이다.

매일 오전 당하린은 팽나연과 함께 석진호의 집무실에서 차를 마셨다.

어쩌다 보니 관행처럼 되었는데 그녀는 이게 나쁘지 않다고 생각했다.

팽나연이 함께 있기는 했지만 남들에게 방해받지 않고 온전히 석진호와 대화할 수 있어서였다.

후르릅.

석진호가 직접 내려 준 차를 마시며 당하린이 슬쩍 고개를 들었다.

그러자 예의 무덤덤한 얼굴로 차를 들이켜는 석진호의 모습이 두 눈 가득 들어왔다.

특유의 차분한 신색으로 고고하게 차를 마시는데 그 모습이 그렇게 멋있을 수가 없었다.

명문가 자제처럼 기품이 넘치는 느낌은 아니었지만 이상하게도 시선을 끌었다.

'예상대로 감숙성은 난리가 났고.'

어제의 일 이후 모두가 예상했던 대로 감숙성은 새로운 국면에 들어갔다.

백도무림은 물론이고 서장무림 역시 포달랍궁주의 변고를 알아챈 것이었다.

그 결과 서장무림은 발 빠르게 은밀히 회군했다.

서장무림의 중심이자 핵심이라 할 수 있는 포달랍궁주가 죽은 만큼 서장도 아니고 중원에서의 싸움은 불리할 수밖에 없다고 수뇌부가 판단한 것이었다.

물론 그걸 중원무림은 가만히 지켜보지 않았다.

그간 당했던 굴욕을 이번에 갚겠다는 듯이 죽기 살기로 달려들었고, 현재 청해성까지 추격하며 집요하게 공격하는 중이라고 했다.

'오라버니가 강한 건 알지만 포달랍궁주마저 가볍게 제압하다니.'

전해 듣기로는 역천마궁주를 쓰러뜨릴 때보다 더욱 쉽게 처치했다고 했다.

석진호의 말로는 상성이 상극이라서 쉽게 쓰러뜨렸다던데

武人還生
무인환생

그렇다고 해도 놀랄 수밖에 없었다.

말만 들으면 그야말로 완전무결한 무인이 석진호였으니까.

하지만 놀람도 잠시, 당하린은 흐뭇한 기분이 들었다.

그런 무인이 자신의 짝이었기 때문이다.

동시에 운명이라는 생각도 들었다.

'만약 내가 중독되지 않았다면 이렇게 인연이 닿지 않았겠지.'

죽음이 코앞까지 왔던 상황이었지만 돌이켜 보면 그런 위기가 있었기에 석진호와 인연이 닿을 수 있었다.

어떻게 보면 중독되어 오늘내일했던 게 전화위복이 된 것이었다.

그때 석진호와 인연을 맺지 못했다면, 그리고 보은하겠다고 결심을 하지 않았다면 그녀는 이 자리에 이렇게 앉아 있지 못했을 터였다.

'독식할 수 있다면 가장 좋겠지만, 그건 불가능하고.'

차라리 어중간한 실력이었다면 당하린 혼자 석진호의 옆자리를 독식할 수 있었을 것이다.

그러나 석진호는 너무나 뛰어났다.

약관의 나이에 천하제일인의 자리에 올랐고, 혼자서 역천마궁주와 포달랍궁주를 쓰러뜨렸다.

그런 만큼 앞으로 수많은 여인들이 모여들 게 분명했다.

'서장무림의 침공으로 잠시 숨을 돌리나 했는데……'

당하린이 남몰래 한숨을 쉬었다.

포달랍궁을 위시로 서장무림이 쳐들어왔다는 소식을 들었을 때 그러면 안 되지만 내심 그녀는 안도했었다.

전쟁으로 인해 석진호에게 집중되던 관심이 자연스레 멀어질 게 분명해서였다.

그런데 그 전쟁을 석진호가 거의 끝내다시피 했다.

'하필이면 왜 이곳으로 와서.'

당하린 역시 무인이었기에 무인의 자존심에 대해서 너무나 잘 알았다.

그래서 충분히 포달랍궁주의 마음을 이해할 수 있었다.

서장제일인인 만큼 중원제일인을 쓰러뜨리고 싶었을 터였다. 그래서 자신이 진짜 천하제일인임을 증명하고 싶었을 테고.

"생각이 많아 보이네?"

"아시잖아요, 현재 무림이 얼마나 시끄러운지."

"청해성까지 쫓아갔다는 소식은 들었어."

"다들 당한 게 많으니까요. 또 확실하게 복수를 해야 나중에 딴마음을 안 먹기도 하고. 물론 제가 보기에는 오라버니 때문에 향후 백 년간은 중원에 욕심을 내지 않을 것 같지만요."

"백 년 가지고 되려나."

석진호가 피식 웃었다.

무인환생

어제 죽은 포달랍궁주는 백오십 년을 살았음에도 정정했다.

전생의 석진호 역시 백 살쯤에 죽었고.

그러니 마음만 먹는다면 그 이상 사는 것도 가능했다.

"우리 자식도 생각하면 더 길어질 거예요."

"어머, 언니 너무 앞서가는 거 아니에요?"

"그럼 넌 안 낳으려고? 아, 돌아가 주면 나야 고맙고."

팽나연이 도발적인 미소를 지었다.

그러나 당하린은 그 말에도 눈 하나 꿈쩍하지 않았다.

"휴전은 끝난 건가요? 그럼 저도 가만히 당하고만 있지는 않을 거예요."

"에이, 농담이야, 농담."

나이는 어려도 당하린은 만만치 않은 존재였다.

냉정하게 말해 현재 그녀보다 앞서 있기도 했고.

그래서 팽나연은 웃으며 손사래를 쳤다.

"둘 다 너무 앞서가는 것 같은데."

"혹시 저희 둘로는 부족하세요?"

"또 마음에 드는 여인이 있으세요?"

제74장 하나씩

두 여인이 조심스럽게 물었다.

승천무관에 머무는 걸 허락받기는 했으나 아직 확실하게 결정 난 것은 아무것도 없었다.

그녀들의 가문이 석진호와의 결혼을 긍정적으로 생각하고 있지만 가장 중요한 건 결국 석진호의 의사였다.

또한 영웅은 호색이란 말처럼 석진호가 뒤늦게 여색에 눈을 뜰 수도 있고, 반대로 주위에서 가만히 안 놔둘 수도 있었다.

'현재까지는 후자가 가장 가능성이 높지.'

당하린의 안색이 살짝 어두워졌다.

역천마궁이 발호하기 전 남궁연이 승천무관을 찾아왔던 게 떠오른 것이었다.

말은 오빠인 남궁수를 따라왔다고 했지만 그 시커먼 속내를 못 알아볼 그녀가 아니었다.

어쩌면 남궁연의 뜻이 아닐 수도 있으나 중요한 건 남궁세가가 석진호에게 관심이 있다는 점이었다.

아니, 관심이 없다는 게 오히려 이상했다.

'찍어 누를 수 없다면 친해지는 게 상책이니까.'

어떻게 보면 사천당가 역시 남궁세가와 같았다.

다만 다른 점이 있다면 석진호를 빨리 발견했다는 것과, 분명한 인연이 있다는 점뿐.

만약 그녀가 아니라 남궁연이 석진호와 인연이 닿았다면 지금 이 자리에는 남궁연이 앉아 있을 터였다.

"그건 아니지만 너무 당연시하는 것 같아서."

"저는 언제까지고 이곳에 있을 거예요. 예전에 말한 그대로요. 설사 혼인을 못 하더라도 오라버니를 모실 거예요."

"저도 마찬가지예요."

당하린에게 뒤질까 싶어 팽나연도 다급히 입을 열었다.

그녀 역시 당하린과 같은 생각이었다.

"아직 시간은 많으니까 벌써부터 그렇게 생각하지 말고. 마음이라는 건 얼마든지 바뀔 수 있으니까."

"왠지 오라버니의 속마음을 말씀하시는 거 같은데요?"

"나도 사람이니까."

"진짜요?"

무인환생

당하린이 두 눈을 동그랗게 떴다.

사람처럼 보이지만 사람 같지 않은 게 석진호였다.

정확하게는 사람의 탈을 쓴 초인이라고나 할까.

"초월경에 오른 순간 순수하게 사람이라고 보기에는 힘들지만, 일단 사람인 건 맞으니까. 인외의 존재는 아니라고."

"혹시 더 받아들이고 싶으신 건가요? 저희만으로는 만족이 안 된다거나……."

당하린이 조심스럽게 물었다.

자신은 물론이고 팽나연은 도화라 불릴 정도의 미인이지만 다다익선이라고 남자들은 한 여자보다는 둘을, 둘보다는 셋을 선호했다.

괜히 영웅호색이라는 말이 있는 게 아니었다.

그렇기에 당하린은 혹시나 하는 심정으로 물었다.

"둘도 감당하기 힘든 마당에. 너희도 느꼈을 텐데?"

"여인에 대해 관심이 크게 없으시죠."

조용히 두 사람의 대화를 듣고 있던 팽나연이 입을 열었다. 굳이 그녀가 아니더라도 석진호와 함께 지내본 이들은 알았다. 여자뿐만 아니라 다른 사람에게 크게 관심이 없다는 사실을 말이다.

무공도 요즘에 좀 신경 쓸 뿐 예전에는 딱 육신과 몸이 녹슬지 않을 정도만 수련했었다.

"맞아. 가족들 챙기기도 버거워. 친구란 놈은 도와주기는

커녕 힘들게만 하고."

"호호호."

투덜거리는 석진호의 모습에 팽나연이 작게 웃었다.

한노가 초월경에 오른 후 의욕이 유독 강해진 북궁혁이었
다.

아직 절망의 벽까지 가려면 멀었는데도 불구하고 말이다.

"슬슬 윤이와 마릉이도 신경 써야 하고."

"독립요?"

"그건 각자가 결정할 일이고. 내가 해 줄 건 짝을 찾도록 도
와주는 거. 스스로 하면 좋겠지만, 잘 안될 수도 있으니까."

"아."

당하린이 고개를 주억거렸다.

그러면서 새삼 석진호가 세심한 성격이란 걸 다시 한번 느
꼈다.

겉으로는 무뚝뚝해 보이지만 실상은 달랐다.

'참 가정적이라니까.'

자기 사람은 확실하게 챙기는 사람.

그게 석진호였다.

그래서 그녀가 좋아하는 것이기도 했고.

당아린이 그렇게 말썽을 피웠음에도 참아 준 것 역시 자신
때문이란 걸 당하린은 잘 알았다.

"제가 알아볼게요. 그런데 혼처를 구하는 건 그렇게 어렵

武人還生
무인환생

지 않을 것 같아요."

"저도 같은 생각이에요. 다른 곳도 아니고 승천무관의 단둘뿐인 무공 교두잖아요. 게다가 오라버니의 최측근이기도 하고. 아마 공표하면 줄을 설걸요."

"그런 여자를 원하는 게 아냐. 배경을 보고 오는 여자는 결국 배경이 사라지면 떠나는 법이야. 물론 가장 중요한 건 두 사람의 마음이겠지만, 그래도 이상한 여자를 만나면 안 되니까."

석진호가 걱정하는 건 탁윤과 정마룡이 석덕월처럼 사는 게 아니었다.

노총각인 석덕월이 여자가 없어서 그 나이 먹도록 독신인 게 아니었다. 결혼을 결심할 만한 좋은 여자를 아직 만나지 못했기에 혼자 사는 것이었다.

그래서 석진호는 일단 지켜보다가 시기를 놓칠 것 같으면 자신이 나설 생각이었다.

"확실히 그런 여자들이 꽤 많죠. 자기들도 행복해질 권리가 있다면서. 저도 일정 부분은 동의해요. 힘들게 살고 싶지 않은 건 모두가 같으니까."

"무슨 말씀인지 알겠어요. 잘 찾아볼게요. 참, 공동파에 대한 소식은 들으셨어요?"

"아니."

석진호가 당하린을 쳐다보며 고개를 저었다.

역천마궁에 이어 서장무림에 두들겨 맞았기에 현재 공동

파는 멸문이나 다름없는 피해를 입었다.

진산절학은 어찌어찌 보전했다고 하나 사람은 아니었다.

근근이 명맥을 이을 정도만 살아남았기에 석진호는 딱히 관심을 가지지 않았다.

"지금의 공동파는 오라버니께서 신경 쓸 필요가 없긴 하죠. 저나 언니의 가문이 나설 필요도 없이 석가장 선에서 정리가 가능하니까요."

"예전하고는 많이 달라졌지. 과거에는 석가장이 공동파의 눈치를 봤지만 이제는 상황이 역전되었으니까."

"심지어 석가장주님은 오라버니의 명성을 정말 잘 사용하시고 계시죠."

"그래서 내가 굳이 신경 쓸 필요가 없어. 그간 쌓인 걸 풀기만 해도 공동파는 휘청거릴 테니까."

괜히 석진호가 신경 안 쓰는 게 아니었다.

안중에 없기도 하지만 다른 선에서 정리가 되는 일에 그가 굳이 신경을 할애할 필요는 없었다.

"맞아요. 집요하게 몰아붙이고 계신 것 같더라고요."

"황보세가는 진주언가에 되레 밀리고 있고요."

"인생사 다 그런 거지. 결국 약하면 잡아먹히게 되어 있어. 괜히 약육강식의 세계라는 말이 있는 게 아니니까."

힘이 있을 때는 정말 그 어떤 것도 할 수 있지만 반대로 약자일 때는 그렇게 냉혹하고 비정한 곳이 무림이었다.

그리고 석진호가 보기에는 자업자득이었다.

미리 덕을 쌓아 두었다면 상황이 그렇게까지는 가지 않았을 터였다.

'다 뿌린 대로 거두는 법이지.'

언제 어두웠냐는 듯이 활기차게 대화를 나누는 두 여인의 수다를 들으며 석진호는 차를 들이켰다.

다시금 찾아온 평화를 만끽하면서 말이다.

포달랍궁주의 죽음이 알려진 후 승천무관은 다시 한번 문전성시를 이뤘다.

어떻게든 관도가 되겠다고 무작정 찾아온 이들이 어마어마하게 많았던 것이다.

하지만 약속된 이가 아니면 누구도 정문의 문턱을 넘지 못했다. 함부로 넘을 정도로 승천무관의 수준이 낮지도 않았고 말이다.

까아앙!

시끌벅적한 정문과 달리 후원의 자그마한 연무장에서는 비무가 한창이었다.

오랜만에 석진호가 엄유강과 지도 대련을 해 주고 있었던 것이다.

그런데 두 사람 사이로 무시무시한 섬광이 번뜩였다.

둘 다 이기어검을 펼쳤던 것이다.

"큭!"

석진호의 백아검과 충돌하기 무섭게 내부가 뒤흔들렸다.

충격이 고스란히 육신으로 전달되었던 것이다.

하지만 엄유강은 이를 악물고서 검을 조종했다.

그러나 목어검의 수준으로는 석진호의 파상 공세를 막기 어려웠다.

"집중해."

점점 더 시야에서 벗어나는 석진호의 백아검에 엄유강은 조금씩 몸을 돌릴 수밖에 없었다.

심어검을 뛰어넘은 석진호야 눈에 보이지 않아도 마음대로 조종이 가능하다지만 그는 아니었다.

무조건 시야 안에 있어야 검을 조종할 수 있기에 엄유강으로서는 무조건 석진호의 검을 좇아야 했다.

그래야 막을 수 있었으니까.

'문제는 그럼 등 뒤가 훤히 드러난다는 거지만.'

지도 대련이라고 하나 석진호는 절대 배려해 주거나 봐주는 게 없었다.

오히려 철저할 정도로 빈틈을 노려 상대방이 스스로 약점을 깨달을 수 있게 했다.

그렇기에 엄유강은 계속해서 움직이며 백아검과 석진호의

武人還生
무인환생

위치를 파악했다.

둘 중 하나라도 놓치는 순간 치명적인 일격이 파고들 것이 자명해서였다.

"두 개를 신경 써서 집중력이 흐트러진다는 건 변명에 불과해. 전장에서 네 상황을 이해해 주는 적은 없어. 어떻게든 네 목이나 심장을 노리지. 그러니 스스로 타협하지 마. 무슨 수를 써서라도 승리할 방법을 찾아."

"크흡!"

석진호의 조언에도 엄유강은 대답을 하지 못했다.

정확하게는 대답을 할 여력이 없었다.

그 정도로 엄유강은 몰리고 있었다.

소림권존조차도 우습게 내려다보는 고수가 바로 그였는데 말이다.

'점점 몰린다……!'

엄유강이 이를 악물었다.

충돌 때마다 육신에 차곡차곡 축적되는 충격도 충격이지만 시간이 갈수록 백아검이 점점 더 빨라지고 있었다.

그뿐만 아니라 백아검에 서린 기운 역시 점차 강대해졌다.

막는 것도 급급한데 내강(內罡)까지 서렸던 것이다.

'좀 더 붙잡아야……!'

어느 순간 엄유강의 양손이 꿈틀거렸다.

좀 더 세밀하게 도를 조종하기 위해 결국 손을 사용했던 것이다.

하지만 그런 그의 노력에도 불구하고 백아검은 이내 그의 시야에서 벗어났다.

'그렇다면!'

백아검이 시야에서 사라진 순간 엄유강은 땅을 박찼다.

더 이상 이기어검으로 싸우는 건 무의미했기에 그는 등을 훤히 드러낸 채로 석진호에게 달려들었다.

살을 주고 뼈를 취하겠다는 의도였다.

하지만 저돌적으로 달려드는 엄유강의 모습에도 석진호는 뒷짐을 풀지 않았다.

씨익.

대신 의미심장한 미소를 지었다.

그리고 그 순간 한 줄기 섬광이 석진호를 가르며 엄유강에게 쇄도했다.

우뚝!

빛살이 번뜩인 순간 엄유강은 멈춰 설 수밖에 없었다.

연무장 한쪽에 놓여 있던 거치대에서 한 자루 검이 날아와 그를 가로막아서였다.

게다가 등 뒤에는 백아검이 매서운 기세를 뿌리며 떠 있었다.

"……제가 졌습니다."

"하나일 거라고 생각하지 마. 이기어검이라고 해서 꼭 하나만 펼쳐야 하는 건 아니니까."

"명심하겠습니다."

생각지도 못한 수에 당했지만 의외로 엄유강의 표정은 개운했다.

비록 패배하기는 했으나 배우는 게 결코 적지 않아서였다.

그리고 역대 곡주들 역시 패왕문의 후예에게 이런 가르침을 받았다.

"다음."

"잘 부탁드리겠습니다, 주군."

"준비 다 되면 말해."

연습용 철검을 다시 거치대로 옮겨 놓으며 석진호가 말했다.

이윽고 적당한 간격을 두고 선 엄진근이 애병을 뽑았다.

엄유강만큼이나 오랜 세월이 느껴지는 낡은 도를 꺼냈던 것이다.

"저는 준비되었습니다."

"그럼 시작하자고."

째애애액!

말이 끝나기 무섭게 석진호를 호위하듯 주변을 배회하던 백아검이 벼락같이 쏘아졌다.

맹수의 이빨처럼 맹렬한 기세로 쇄도했던 것이다.

"크흑!"

예상하고 있었음에도 엄진근은 순간적으로 백아검을 놓쳤다.

　그러나 몸은 달랐다.

　본능적으로 백아검의 궤적을 읽고 막아 냈던 것이다.

　그걸 누구보다 잘 알았기에 엄진근은 이를 악물고서 혼신의 힘을 다해 도를 휘둘렀다.

　쩌어엉! 쩌엉!

　하지만 그의 도세는 단 하나도 석진호의 몸에 닿지 못했다. 마치 살아 있는 생물처럼 백아검이 허공을 마음대로 유영하며 그의 참격을 튕겨 냈던 것이다.

　그뿐만 아니라 엄진근에게 맹공을 퍼부었다.

　"흡!"

　조금의 틈도 주지 않겠다는 듯이 쉴 새 없이 쏟아지는 파상 공세에 엄진근은 정신을 차리지 못했다.

　이게 처음이 아님에도 좀처럼 반격을 하지 못했던 것이다.

　'진짜 이건 적응이 안 돼!'

　무지막지하게 쏟아지는 맹공에 엄진근은 이를 악물었다.

　하지만 아무리 집중해도 틈이 보이지 않았다.

　오히려 그의 몸에 상처만 늘어 갔다.

　가까스로 치명타는 흘리거나 막고 있지만 이조차도 얼마 가지 못할 터였다.

　'생각해 내야 해. 아무 이유 없이 주군께서 이렇게 할 리가

없어.'

그가 아는 석진호는 이유 없이 행동하지 않았다.

마찬가지로 이렇게 공격한다면 그에 합당한 이유가 있을 터였다.

다만 그가 아직 그걸 알아내지 못했을 뿐.

터어엉!

검기 하나 서리지 않은 백아검이었으나 위력은 엄청났다.

그저 막기만 했는데도 몸이 뒤로 밀려날 정도였기에 엄진근은 이를 악물고서 버텼다.

하지만 몸이 휘청거리는 건 어쩔 수 없었다.

'알아내야 해. 내가 무엇을 놓치고 있는지. 무엇을 해야 하는지를.'

엄진근의 머리가 팽팽 돌아갔다.

애초에 그의 실력으로 이기어검을 감당하는 것 자체가 말이 되지 않았다. 그 정도로 초절정 고수와 초월경에 오른 무인의 격차는 컸다.

한데 그걸 모를 리 없는 석진호가 그에게 이기어검을 펼치고 있었다.

'찾아내야 해. 그래야 절망의 벽을 넘을 수 있다.'

절망의 벽이 괜히 절망의 벽이라 불리는 게 아니었다.

이 벽 앞에 수많은 무인들이 주저앉고 무릎 꿇었으며 포기했다.

그들이라고 그러고 싶었을까?

전혀 아니었다.

'한 노야도 넘었다. 나라고 못할 리 없어.'

아버지가 넘었으며 한노도 넘었다.

주위 사람들이 전부 실패했다면 모를까 불과 며칠 전에 한노가 초월경에 오른 걸 직접 봤기에 엄진근은 의지를 더욱 다잡았다.

두 사람이 성공했는데 자신이라고 하지 못할 게 없었다.

더구나 그의 곁에는 절대자, 초인이라는 말이 부족할 지경의 석진호가 있었다.

'나도 오른다! 초월경에!'

시간이 흐를수록 점점 더 익숙해지기는커녕 오히려 상처가 더욱 늘어 갔지만 그럼에도 엄진근의 집중력은 떨어지지 않았다.

오히려 상처가 많아질수록 그의 집중력은 더욱 높아졌다.

모든 걸 잊고 오직 한 가지만 생각했던 것이다.

"곧 오르겠군."

"오늘일까요?"

"그건 모르지."

여전히 뒷짐을 지고서 이기어검을 펼치던 석진호가 중얼거렸다.

그가 보기에 초월경까지 얼마 남지 않은 듯했다.

무인환생

어쩌면 오늘 오를 수도 있었고.

"감사합니다, 주군."

"고마워할 거 없어. 준 만큼 다 뽑아 먹을 테니까."

"얼마든지 부려 먹으십시오."

엄유강이 옅게 웃으며 고개를 숙였다.

천금을 주고도 얻을 수 없는 게 바로 이런 가르침이었다.

때문에 그는 어떤 일이라도 할 수 있었다.

물론 꼭 그런 이유가 아니더라도 석진호를 보필하겠지만
말이다.

동쪽 하늘이 어슴푸레하게 밝아 오는 시각.

석진호는 찻잔을 들고서 창가 앞에 섰다.

아직은 곳곳이 어둑어둑했지만 석진호에게는 상관이 없었
다.

휘이이잉.

선선한 한 줄기 바람에 얇은 침의가 휘날렸다.

그러나 석진호의 시선은 고요하게 창밖만 바라봤다.

"바람이라."

석진호가 나직하게 읊조렸다.

눈에 보이지는 않지만 분명하게 존재하는 바람.

지금처럼 시원하게 해 주기도 하지만 태풍이나 용권풍처럼 사람에게 큰 피해를 주는 것 또한 바람이었다.

"신기하게도 닮았단 말이지."

묘한 눈으로 석진호가 허공을 응시했다.

자유자재로 허공을 노니는 바람은 신기하게도 심해의 흐름과 닮았다.

물론 완전히 똑같은 것은 아니었다.

그런데 느낌이 비슷했다.

"결국 끝은 같다는 건가."

우우우웅.

만류귀종이라는 네 글자를 떠올리며 석진호가 손을 들어 올렸다.

다른 이들의 수련을 도와주면서도 석진호는 개인 수련을 게을리하지 않았다.

시간이 많이 남은 건 사실이었으나 그렇다고 여유를 부릴 정도는 아니었다.

느긋하게 시간을 보내다가 정작 마지막에 시간이 부족할 수도 있기에 석진호는 시간이 날 때마다 심해에 들어갔고, 작지만 성취도 얻었다.

"여의무상신공도 살짝 도움이 됐고 말이지."

진기를 끌어 올리지 않았음에도 석진호의 손에서 바람이 일어났다.

아주 미세한 바람이었으나 중요한 건 공력 없이 바람을 일으켰다는 것이었다.

그리고 완벽하게 그의 통제하에 있었다.

"이대로 쭉 가다 보면, 언젠가는."

석진호가 입가에 미소를 지었다.

지금은 미약하기 짝이 없는 수준이었지만 중요한 건 한 발을 내디뎠다는 점이었다.

그러니 지금까지 해 온 대로 앞으로 나아가기만 하면 되었다.

"끝에 도달하겠지."

무도의 끝에 도달한 이는 없다고 전해졌다.

하지만 반대로 도달한 이가 세상에 그 모습을 드러내지 않았기에 알려지지 않은 것일 수도 있었다.

그래서 석진호는 일단 전력으로 가 볼 생각이었다.

지금으로써는 그것밖에는 환생의 고리를 끊을 방법이 떠오르지 않았으니까.

"이러다가 신선이 되는 건 아닌지 모르겠네."

손바닥 위에 일어난 작은 소용돌이를 흩어 버리며 석진호가 중얼거렸다.

지금 축기되는 공력을 보면 원령신도 불가능하지만은 않을 듯했다.

확실히 될 거라는 보장은 없었지만 말이다.

그가 익히고 있는 무공이 도가 계열도 아니었고.

똑똑똑.

"관주님, 저 마룡입니다."

"너무 꼭두새벽에 찾아오는 거 아냐?"

"헤헤! 관주님이라면 일어나 계실 것 같아서요. 곡주님이 문 앞에 계시기도 했고."

"잠 좀 자라. 요즘 눈 밑이 꺼매."

언제 툴툴거렸냐는 듯이 석진호가 방 안으로 들어오는 정마룡을 걱정스레 쳐다봤다.

열심히 하는 건 좋았지만 살짝 무리하는 것 같아서였다.

탁윤이야 원래부터 체력이 좋았기에 지금처럼 해도 별다른 티가 안 났지만 정마룡은 달랐다.

"어, 생각보다 잠은 충분히 자고 있는데요. 못해도 두 시진은 꼬박꼬박 자고 있습니다."

"시간보다는 질이지. 짧게 자도 제대로 자는 게 중요하니까."

"사실 좀 뒤척이기는 합니다, 하하하."

정마룡이 머쓱한 얼굴로 뒷머리를 긁적였다.

이제는 시간이 제법 흘렀음에도 부담감은 여전히 그의 어깨를 짓누르고 있었다.

같이 수련생들을 가르치고 있는 탁윤도 마찬가지였고.

"지금도 충분히 잘하고 있으니 무리하지 마. 정신과 육체

武人還生
무인환생

는 연결되어 있어. 아무리 몸이 건강해도 정신이 흔들리면 육신도 같이 흔들린다."

"명심하겠습니다."

"그래. 그럼 본론으로 들어가자."

"소림사와 남궁세가에서 정식으로 연통이 왔습니다. 언제 쯤 방문하면 좋겠느냐고요."

"왜?"

석진호가 인상을 썼다.

왜 굳이 먼 이곳까지 오려고 하는지 이해가 되지 않아서였다.

서장무림과의 전쟁으로 인해 입은 피해부터 복구하는 게 누가 봐도 먼저인데 말이다.

"그, 그거까지는 안 적혀 있었습니다. 따로 관주님께 온 서신도 없고요."

"거절해."

"알겠습니다."

"호오, 이제는 반문 안 하네?"

"승천무관이 그 정도의 위치는 되지 않겠습니까, 흐흐! 게 다가 관주님 성격을 모르는 이들도 아니고요."

생면부지인 사람이라면 모를까 이미 석진호와 직접 대면 한 적이 있는 두 곳이었다.

그런 만큼 석진호가 거절한다고 해서 아니꼬워할 가능성

은 없었다.

게다가 강호는 강자가 갑이었다.

불만은 가질지언정 대놓고 따지는 이는 없을 터였다.

"그래. 권력을 너무 막 휘둘러도 안 되지만 가지고 있는 힘을 제대로 사용하지 못하는 것도 좋지 않아. 나쁜 짓도 아닌데."

"맞습니다. 이미 막무가내로 찾아온 전적도 있지 않습니까."

"그때는 선물로 퉁 쳤지."

갑작스러운 방문이었지만 석진호 입장에서도 나쁘지만은 않은 만남이었다.

대환단과 함께 지금 사용하는 백아검을 얻었으니까.

"그럼 그렇게 전달하겠습니다."

"고생해."

"아닙니다. 당연히 제가 해야 할 일인데요. 아, 그리고 신입 관도나 제자에 관한 문의는 제가 알아서 쳐 내겠습니다."

"이제는 알아서도 척척 잘하네."

"헤헤! 이제는 짬밥이 꽤 되지 않습니까."

어엿한 절정 고수가 되었음에도 정마룡은 여전히 똑같았다.

모두에게 깍듯했으며 초심을 잃지 않았다.

그게 석진호는 너무나 다행이라고 생각했다.

무인환생

"힘든 일 있으면 언제라도 날 찾아오고."

"알겠습니다!"

"하린이랑 나연이에게도 말해 두었으니까 잘 안되면 둘을 찾아가 봐."

"저, 정말입니까?"

정마룡의 두 눈이 더 이상 커질 수 없을 만큼 커졌다.

그뿐만 아니라 목소리가 두 배 이상 높아졌다.

순간 석진호가 눈살을 찌푸릴 정도로 말이다.

"나 때문에 너희 둘이 피해를 보는 건 사실이니까. 독립도 못 하고 있고."

"저는 관주님의 곁에서 뼈를 묻을 생각입니다!"

"내가 싫어. 언제까지 내 밑에 있을 거야? 적당한 때에 독립해."

"제가 아니면 또 누가 관주님을 모시겠습니까? 마지막까지 제가 관주님의 곁에 있을 겁니다!"

정마룡이 가슴을 탕탕 쳤다.

그러나 석진호는 단호하게 고개를 저었다.

비성곡도 있는 마당에 정마룡까지 남아 있을 필요는 없었다. 다 자란 새끼는 부모 품을 떠나는 게 맞았고.

"너만 그런 게 아니라 윤이도 마찬가지니까 그리 알고 있어."

"그럼 관도들을 가르칠 사람이 없잖습니까?"

"왜 없어? 지금 관도들이 쑥쑥 자라고 있는데. 인수인계는 걱정하지 마. 모두가 표사를 꿈꾸는 건 아니니까. 너희가 지금 벌고 있는 걸 아이들도 보고 있다는 걸 잊지 마."

"아."

정마룡은 빠르게 납득했다.

지금 그나 탁윤이 버는 걸 생각하면 굳이 표국이나 석가장에 들어갈 필요가 없었다.

훨씬 더 안전하고 안정적이기도 했고.

물론 다른 이도 아닌 석진호에게 무공으로 인정을 받아야 했지만 그나 탁윤을 생각하면 불가능하지도 않았다.

"그러니 너도 한번 진지하게 생각해 봐. 무엇을 하고 싶은지. 시간은 많으니까 너무 조급해하지는 말고."

"알겠습니다."

"그럼 나가 봐."

"예! 쉬십시오!"

석진호의 축객령에 정마룡이 예의 밝은 미소를 지어 보이며 방을 나섰다.

이른 아침부터 승천무관이 부산스러웠다.

오늘 있을 경사에 모두가 들떠 있었던 것이다.

그리고 중원 각지에서 손님들이 승천무관을 찾았다.

"초대도 안 했는데."

"그래도 와서 얼굴 비쳐야지. 앞으로 무림은 너의 천하인데."

"말도 안 되는 소릴."

"넌 관심 없다지만 다른 사람들은 아냐. 네 일거수일투족에 촉각을 곤두세울걸. 물론 다들 알고는 있겠지, 네가 지배나 명예에 관심이 전혀 없다는 걸. 그래도 주기적으로 보고는 받을 거야. 사람 마음이라는 게 어느 날 갑자기 달라질 수도 있으니까."

순식간에 북적북적해지는 풍경에 석진호가 헛웃음을 삼키는 것과 달리 북궁혁은 당연하다는 반응이었다.

이런 좋은 건수를 눈치 빠른 인간들이 그냥 넘어갈 리가 없었다.

"그렇다고 해도 이건 정도가 너무 심한데?"

"난 날짜가 잡혔을 때부터 예상했는데. 이건 시작에 불과할걸. 아마 승천무관 주위로 사람들이 바글바글할 거다."

"흐음."

석진호가 미간을 좁혔다.

이러다가는 주인공이 제대로 된 관심과 축복을 받지 못할 것 같아서였다.

"너무 걱정하지 마. 설마 사고 치겠어? 네 성격 다들 뻔히 아는데. 다들 눈치껏 자제할 거니까 너무 걱정하지 마. 허락받지 못한 사람은 들어오지도 못할 테니까. 물론 내가 하는 건 아니지만."

북궁혁이 씨익 웃었다.

일할 사람들은 따로 있어서였다.

굳이 그가 나서지 않아도 사천당가와 하북팽가가 알아서 통제를 해 줄 것이기에 북궁혁은 속 편하게 잔치를 준비하는 아이들을 지켜봤다.

"역시 여기 있었네."

"응?"

석진호와 나란히 서서 바삐 움직이는 아이들과 하정객잔 직원들을 바라보던 북궁혁이 고개를 돌렸다.

등 뒤에서 익숙한 목소리가 들려서였다.

"둘 다 오랜만."

"오, 일찍 왔는데?"

"당연하지. 객잔주님께서 혼인하시는데 한달음에 달려와 야지."

고개를 돌리자 모용천이 빙그레 웃고 있는 모습이 보였다.

그리고 그 옆에 나란히 서 있는 백리선의 모습도.

한데 북궁혁의 눈에 이상한 게 보였다.

"오랜만이에요, 북궁 공자님. 석 공자님."

북궁혁은 물론이고 석진호마저 두 눈을 크게 뜨자 백리선

무인환생

이 부끄럽다는 듯이 고개를 숙이며 작게 인사했다.

둘의 시선이 볼록 튀어나온 자신의 배로 향하자 눈을 마주할 수가 없었던 것이다.

"뭐, 뭐야?"

"사고부터 친 거야?"

북궁혁이 정말 깜짝 놀란 표정을 지으며 소리쳤다.

얼마나 놀랐는지 표정 관리가 전혀 안 된 얼굴로 말이다.

반면에 석진호는 음흉하게 웃었다.

"하하, 그게 말이지……."

"축하를 받을 사람이 또 있었네."

"고맙다."

석진호의 축하에 모용천이 민망하게 웃었다.

축하받을 일은 맞지만 아무래도 혼례를 올리기 전에 애부터 생겼기에 민망했던 것이다.

그래서인지 백리선은 인사를 끝으로 좀처럼 입을 열지 못했다.

"근데 움직여도 돼? 조심해야 하지 않나?"

"그 시기는 지났어. 의원이 말하길 너무 안 움직이는 것도 좋지 않대. 그리고 객잔주님을 모르는 것도 아니고."

"꼭 축하해 드리고 싶었어요."

백리선이 개미 목소리가 아닐까 싶도록 작게 말했다.

물론 아무리 작게 말해도 석진호나 북궁혁의 귀에는 잘 들렸다.

"허, 참. 저 녀석이 애아빠가 된다니. 이런 말도 안 되는……."

"백리세가에는 알렸어?"

"응. 걱정했는데 다행히 크게 노하시지는 않더라고, 하하하."

여전히 멍한 얼굴로 중얼거리는 북궁혁과 달리 석진호는 처음만 놀랐을 뿐 그 이후에는 아무렇지 않게 대했다.

한순간의 불장난이라면 모를까 서로가 진심이라면 축복해 주는 게 맞다고 생각해서였다.

혼례야 애를 낳은 다음에 해도 되었고.

"어느 정도는 예상하고 있었겠지. 딸이 가 있는데."

"사실 많이 긴장했거든. 어쨌거나 내가 잘못한 건 맞으니까."

"그렇게 따지면 저도 같이 잘못한 거예요."

이제는 부부라고 자연스럽게 편을 들어 주는 백리선의 모습에 석진호가 피식 웃었다.

부럽다기보다는 잘 어울린다는 생각이 들어서였다.

"아니지. 내가 참지 못한 거니까."

"사적인 얘기는 나중에 따로 하고. 우리 앞에서 그러진 마."

"아, 미안. 근데 두 분 소저는 어디 계셔? 소문으로는 네가 둘 다 받아들였다고 하던데."

무인환생

"그런 소문은 대체 어디서 들었어?"

"아닌 척하기는."

모용천이 히죽 웃었다.

그런 뜻이 아니라면 애초에 석진호가 승천무관에 머무는 걸 허락하지 않았을 터였다.

누구보다 선을 잘 긋는 게 석진호였으니까.

그리고 그건 백리선도 같은 생각이라는 듯이 눈을 반짝이며 작게 고개를 끄덕였다.

"진짜 아니다. 너처럼 교제하는 것도 아니고."

"일단 지금은 아니라는 거지? 후후!"

모용천이 알겠다는 듯이 씨익 웃었다.

그 모습에 석진호는 고개를 절레절레 저었다.

무슨 말을 해도 모용천은 듣지 않을 것 같아서였다.

"일단 들어가 있어. 제수씨 오느라 많이 힘들었을 텐데."

"괜찮아요. 천 랑이 하도 극성을 부려서 편하게 왔거든요."

"그래도 일단 쉬시죠. 제일 좋은 자리를 마련해 두었으니 편히 쉬고 계십시오."

"역시 내 친구라니까."

제일 좋은 자리라는 말에 모용천이 흡족한 미소를 머금었다.

아무래도 임산부이니만큼 좋은 자리는 필수였다.

또 가까이에서 소하정을 축하해 주고 싶었고 말이다.

"얼른 들어가."

"알았어."

오늘 결혼식의 주인공은 소하정이었지만 누구보다 많은 사람들을 상대해야 하는 건 석진호였다.

그렇기에 모용천은 못 이기는 척 안으로 들어갔다.

"진호야!"

"나도 왔어."

정마룡, 탁윤, 채소설이 지키는 정문을 단숨에 통과할 수 있는 이는 몇 없었다.

아무리 무명이 대단하다 하더라도 승천무관에서는 통용되지 않았다.

오늘 같은 날 승천무관에 들어올 수 있는 이는 석진호나 소하정과 인연이 있는 사람들뿐이었다.

그리고 그중에서도 가장 빨리 들어올 수 있는 두 사람이 환하게 웃으며 석진호에게 다가왔다.

"두 손이 너무 가벼운 거 아닙니까?"

이제는 슬슬 귀밑이 하얘지는 석덕월을 보며 석진호가 못마땅한 표정을 지었다.

일이 년 본 사이도 아닌데 너무 가볍게 온 것 같아서였다.

석덕월 정도면 진심으로 축하해 주는 마음은 기본이고 양손을 무겁게 해서 오는 성의도 보여야 했다.

"나 정도면 밑에 있는 애들 시켜야지. 너 내가 총표두인 걸

자꾸 깜빡하는 것 같다?"

"기대해도 됩니까?"

"물론이지. 우리가 남도 아니고. 표국주님께서도 따로 선물 준비하셨어. 바쁘셔서 같이 오지는 못했지만."

"그거면 충분합니다."

두둑이 준비했다는 말에 석진호의 표정이 풀어졌다.

그런데 그 표정에 석덕월이 섭섭하다는 표정을 지었다.

"너무 속물적인 거 아니냐?"

"제 결혼식 때는 빈손으로 오셔도 됩니다."

"너 내가 당연히 선물을 준비할 줄 알고 그리 말하는 거지?"

"당연하죠."

"허!"

씨익 웃는 석진호의 모습에 석덕월이 기가 차다는 표정을 지었다.

하지만 이내 그는 고개를 절레절레 저었다.

"물론 저보다는 먼저 가셔야죠. 장유유서라는 말도 있는데."

"하정이도 먼저 가는 마당에 뭔 순서야. 갈 수 있을 때 가야지. 시기 놓치면 나처럼 고생한다."

"아저씨는 너무 많이 따져서 그런 거라니까요."

"아니라니까!"

석덕월이 저도 모르게 발끈했다.

하지만 그의 강한 부정에도 불구하고 석진호나 옆에 있는 석미룡은 계속 웃기만 했다.

절대 동조해 주지 않았던 것이다.

"저는 혼자 사는 것도 나쁘지 않다고 생각합니다. 즐기면서 사는 것도 좋죠."

"……너 지금 두 명 있다고 나 놀리는 거지?"

"그럴 리가요. 놀릴 거면 대놓고 놀렸겠죠."

"끄응!"

석덕월이 앓는 소리를 냈다.

그도 반격을 하고 싶은데 마땅히 떠오르는 게 없자 짜증만 났다.

"근데 어떻게 같이 왔대?"

"근처에서 만났어. 아무래도 방향이 같으니까."

"흐음."

석진호가 묘한 눈으로 석미룡을 쳐다봤다.

왠지 모르게 냄새가 나서였다.

"참고로 나는 마차 하나를 통째로 채워 왔어. 아버지랑 할아버지께서 보낸 선물도 같이 가져오기는 했지만."

"뭐, 알아서 잘하겠지."

"무슨 뜻이야?"

"누나가 생각하는 게 맞아."

무인환생

뜻 모를 말에도 석미룡은 웃었다.

눈치가 빠른 그녀답게 석진호의 말을 단박에 이해한 것이었다.

"나 한 가지 궁금한 게 있는데."

"궁금해하지 마. 오직 누나 앞길만 생각해."

"그럴 순 없지. 동생도 챙겨야 하는 건 누나의 숙명이니까."

석미룡이 빙긋 웃으며 검지를 휘휘 저었다.

반드시 물어보겠다는 듯이 말이다.

"나 말고 다른 동생들을 챙겼으면 하는데."

"걔들은 매일 보잖아. 근데 너는 가끔 보니까 오늘 같은 날 아니면 언제 또 물어봐? 시기가 아주 적당하기도 하고."

"그러니까 더 듣기 싫어지는데."

"넌 결혼 언제 올릴 거야? 내색은 안 하시는데 아버지나 할아버지께서 많이 기대하고 계셔."

"갈 거면 누나부터 가야지."

석진호는 자연스럽게 칼끝을 돌렸다.

가야 한다면 그보다는 석미룡이 먼저였다.

"나도 가고 싶기는 한데……."

"허튼 생각은 하지 말고. 현실적으로 생각하라고."

석미룡의 시선이 은근슬쩍 북궁혁에게 향하자 석진호가 코웃음을 쳤다.

그가 보기에는 실현 가능성이 전혀 없어서였다.

"너무하는 거 아냐?"

"상대방 입장도, 내 입장도 생각했으면 좋겠는데 말이지."

"흥!"

석미룡이 콧방귀를 뀌었다.

아무리 그래도 가족인데 너무하는 것 같아서였다.

그러나 석진호는 그런 석미룡의 모습에도 눈 하나 깜빡이지 않았다.

욕심도 그런 욕심이 없어서였다.

"헛소리 그만하고 들어가. 자리는 아이들이 안내해 줄 거야."

"이따가 다시 얘기해."

"그 주제로는 할 말 없어."

"여전히 살벌하구나, 허허허!"

남매간의 대화라고 하기에는 지나치게 날이 서 있는 모습이었으나 옆에 있던 석덕월은 그러려니 하는 모습이었다.

워낙에 비일비재하게 일어나는 상황이었기에 이제는 딱히 신경 쓰지 않았다.

게다가 절대 갑은 석진호였고 말이다.

티격태격하기는 해도 승자는 어차피 정해져 있었다.

"아저씨도 들어가시죠."

"그래. 이따 보자꾸나."

武人還生
무인환생

초대장이 있거나 혹은 세 사람의 허락하에 정문을 넘어오는 인물들과 석진호는 인사를 나누었다.

그리고 그중에는 생각지도 못한 만남도 있었다.

"오랜만일세."

"소식은 종종 들었네. 물론 소식을 들을 때마다 부끄러움에 몸서리쳤지만 말일세. 하하하!"

오른쪽 눈에 안대를 한 고척과 왼팔을 잃은 송일강이 반가운 미소를 지으며 다가왔다.

그런 둘의 모습에 석진호 역시 옅게 웃었다.

석가장에서 만난 이후 처음 보는 것이었지만 그럼에도 어색함은 없었다.

"잘 지내셨는지요."

"다행이군. 우리는 혹시나 기억하지 못할까 싶었는데."

"그리 오래된 기억도 아니지 않습니까."

"맞는 말이긴 한데, 올챙이 적 생각하지 못하는 개구리들이 워낙에 많으니까. 자기에게 불필요한 기억을 지워 버리는 놈들도 수두룩하고."

송일강이 씨익 웃었다.

팔 하나를 잃었음에도 여전히 유쾌한 모습에 석진호는 자기도 모르게 마주 웃었다.

"인간 망종들과 절 비교하다니, 좀 그렇군요."

"사람이라는 게 좀 그렇지 않나. 이해하게."

"틀린 말은 아니니 사과는 받아들이지요."

"여전히 호탕해, 하하하!"

송일강이 크게 웃으며 석진호의 어깨를 두드렸다.

반면에 고척은 조용히 웃기만 했다.

"갑자기 왔음에도 환대해 주어서 고맙네."

"아닙니다. 저야말로 와 주셔서 감사합니다. 그런데 상처
는…….."

"후후! 죽는 것보다는 낫지 않나."

"맞아. 단전을 잃는 것보다도 훨씬 낫지."

두 사람이 아무렇지 않은 얼굴로 대답했다.

그리고 그 모습에 석진호는 더 이상 묻지 않았다.

둘이 괜찮다는데 걱정하는 것도 웃기는 일이었다.

"장문인과 따로 오신 겁니까?"

"요즘은 종남파에 머물고 있거든. 아, 종남파 장문인도 올
걸세. 우리 장문인과 함께 말이야."

"그렇습니까."

"어째 반기는 기색이 아닌데?"

송일강이 장난스럽게 물었다.

역시나 보통 사람들과는 다른 반응이어서였다.

하지만 석진호는 그럴 자격이 있었다.

화산파와 종남파의 장문인도 석진호 앞에서는 빛이 바랬
으니까.

무인환생

"먼 길 와 주셨는데 감사하죠."

"걱정하지 말게. 관주가 불편해할 만한 일은 벌어지지 않을 테니. 물론 순수한 의도로 온 건 아니지만 그렇다고 부담을 주지도 않을 게야."

"그나마 다행이군요."

"이따 보지."

고척이 팔 하나가 없는 친우를 이끌었다.

계속해서 하객들이 오는데 자신들이 너무 붙잡고 있는 것 같아서였다.

"쉬고 계십시오."

"그러지."

두 사람이 지나가자 이번에는 남궁세가와 하북팽가의 사람들이 다가왔다.

순서를 기다리고 있었던 것이다.

그런데 하북팽가의 일행 중에는 석진호와는 껄끄러울 수밖에 없는 팽진극도 있었다.

"자, 자! 멀뚱히 서 있지 말고 같이 인사하지."

"……그러지."

어색해하는 팽진극을 대신해 남궁후가 앞장섰다.

아무래도 자신이 중재해야 할 것 같아서였다.

"와 주셔서 감사합니다."

"허허, 승천무관의 경사인데 당연히 와야 하지 않겠나. 오랜만에 얼굴도 볼 겸."

남궁후가 반갑게 웃으며 다가왔다.

그러면서 그는 슬쩍 자신의 뒤쪽을 향해 눈짓하는 것도 잊지 않았다.

정확하게는 자식들이 있는 곳을 말이다.

"깊은 대화는 나중에 따로 시간을 내겠습니다. 아무래도 오늘은 제가 하객들을 맞이해야 하는 입장이라."

"이해하네. 나중에 봄세."

상황이 상황이니만큼 남궁후는 웃으며 대답했다.

소하정의 결혼식이었지만 하객의 대부분은 석진호를 보러 왔을 터였다.

그렇기에 남궁후는 순순히 안으로 들어갔다.

팽진극도 묵례한 후 남궁후를 따라 이동했고.

아담하면서도 화사하게 꾸며진 후원에 수십 개의 원탁이 놓였다.

갑자기 많아진 하객들로 인해 황급히 자리를 더 만들었지만 앉은 사람보다 서 있는 사람들이 훨씬 많았다.

하지만 누구 하나 불평불만을 토로하지 않았다.

초대장이 없음에도 무작정 찾아온 건 그들이었기 때문이다.

"진짜 가네."

거행되는 결혼식을 보며 석진호가 묘한 표정을 지었다.

막상 소하정이 혼례를 올리자 마음이 싱숭생숭했던 것이다.

"크흑!"

그런데 그건 정마룡도 마찬가지인지 말끔하게 승천무관 정복을 입고서 코를 훌쩍거렸다.

탁윤도 눈시울이 붉어져 있었고.

"네가 왜 울어? 정작 유모는 저렇게 행복하게 웃는데."

"기분이 묘해서요. 기쁘기도 하고 서운하기도 하고. 온갖 감정이 휘몰아치는 듯한 느낌이에요."

"그건 내가 느껴야 하는 감정 같은데?"

연신 코를 훌쩍이는 정마룡을 보며 석진호가 어이없다는 표정을 지었다.

슬퍼해도 자신이 가장 슬퍼해야 하는데 꼴을 보아하니 정마룡이 울 것 같았다.

"축하해야 하는 날에 울면 안 되죠."

"너도 눈알이 붉거든?"

"이건 어쩔 수 없죠. 형보다 훨씬 더 오랜 시간을 객잔주님과 함께했는데."

"그럼 관주님이 눈물을 흘리셔야지."

정마룡과 탁윤이 티격태격했다.

하지만 그러면서도 두 사람의 시선은 소하정에게 향해 있었다.

그 어느 때보다 밝게 웃고 있는 그녀에게로 말이다.

"잘 어울려요."

"그래 보여?"

"네. 저도 숙수님께 같이 요리를 배웠는데 진짜 착하고 순하세요. 책임감도 강하시고. 게다가 연하라서 그런지 객잔주님을 얼마나 깍듯하게 모시는데요."

"마지막 말이 의미심장하게 들리는데."

당하린이 살포시 웃었다.

티를 안 내려고 했는데 역시나 귀신같이 파악한 것 같아서였다.

"여자는 늘 사랑받고 싶어 하니까요."

"유모도 이제는 그럴 때가 됐지. 너무 나만 신경 썼으니까."

"그래도 행복하셨대요."

당하린이 은근한 목소리로 말했다.

석가장에서는 모르지만 승천무관에 온 후로 소하정과 가장 많은 시간을 보낸 게 바로 그녀였다.

그래서 그녀는 소하정의 속마음을 꽤 많이 들었다.

"다행이네. 그 시간들이 의미 없지 않아서."

"근데 우는 사람들이 많네요. 정 교두님도 그렇고, 소설이도 그렇고."

무인환생

"소설이한테는 엄마라고 할 수 있으니까. 할머니가 돌아가신 이후로 가장 가까운 사람이기도 하고. 유모도 각별히 챙겼으니까."

석진호의 시선이 채소강과 함께 있는 채소설에게로 향했다.

경사스러운 날이니만큼 채소설도 새 옷을 입고 있었는데 벌써 소매가 축축해져 있었다.

하도 눈물을 닦아 소매가 젖은 것이었다.

"행복하게 잘 사실 거예요. 둘 다 서로를 위하는 게 눈에 보일 정도이니까요."

팽나연이 자연스럽게 대화에 끼어들었다.

은근슬쩍 그의 옆으로 다가가면서 말이다.

"그래야지. 혼인이 애들 장난도 아니고."

"얘기를 들어 보니까 은근히 부담이 많은 것 같더라고요. 처가가 따로 없는 객잔주님에게는 승천무관이 처가라고 할 수 있으니까요."

"확실히 천하제일인이 곁에 있으니 부담스러울 수밖에. 무서워서 부부 싸움이라도 하겠어?"

"내가 그 정도로 경우가 없진 않다."

"글쎄. 내가 보기에는 장담은 하지 않는 게 좋은데?"

"부부 문제는 부부가 해결해야지. 제삼자가 끼어들어서 좋을 것 없다."

"호오, 결혼도 안 해 본 총각이 그건 어떻게 알까?"

북궁혁이 개구쟁이처럼 웃으며 팔꿈치로 석진호의 옆구리를 찔렀다.

그러자 조용히 결혼식을 지켜보고 있던 모용천이 동의한다는 듯이 고개를 주억거렸다.

친구지만 또래 같지 않은 느낌이 자주 들었기에 모용천도 의문스럽다는 눈빛으로 석진호를 쳐다봤다.

"다 아는 수가 있다."

"또 이렇게 구렁이 담 넘듯이 넘어가지?"

"한두 번도 아니면서 새삼스럽게."

"칫!"

북궁혁이 투덜거렸으나 석진호는 더 이상 그에게 어울려 주지 않았다.

지금 이 순간 중요한 건 소하정의 모습을 전부 다 담는 것이었기에 석진호는 그녀만 쳐다봤다.

한편 여자들은 여자들끼리 눈빛을 교환했다.

특히 당하린과 팽나연의 눈빛이 뜨거웠다.

"도련님."

최대한 간소하게 준비해서 그런지 어느새 식순이 막바지에 닿아 있었다.

벌써 하객들에게 인사하는 시간이 왔던 것이다.

그리고 그 첫 번째는 역시나 석진호였다.

"오늘따라 더 예쁘네, 우리 유모."

"고마워요. 그리고 죄송해요."

신랑과 함께 석진호에게 다가온 소하정은 우는 건지 웃는 건지 구분이 가지 않는 표정을 지었다.

그러다가 이내 눈에서 눈물을 흘렸다.

"앞에 것만 들을게. 그리고 고마운 건 내가 더 고맙지. 지금의 나를 만들어 준 게 유모인데."

"흑! 아니에요. 제가 뭐 한 게 있다고요."

"날 지켜 줬잖아. 그게 얼마나 대단한 일인데. 아마 유모가 없었다면 지금의 나도 없었을 거야. 늘 내 곁에 있어 주었기에 지금의 내가 있는 거야."

"도련님!"

한번 흘러나오자 걷잡을 수 없는지 소하정이 폭포수처럼 눈물을 흘렸다.

만감이 교차하는 것도 그렇지만 지금까지의 추억들이 일제히 떠오른 모양이었다.

그런 그녀를 석진호는 부드럽게 안아 주었다.

"좋은 날 왜 그렇게 울어. 우리가 영영 이별할 것도 아니고 집도 바로 근처인데."

"제, 제가 이렇게 결혼을 해도 되나 싶기도 하고……."

"당연히 해야지. 좋은 사람을 만났는데. 그 인연은 결코 가볍지 않아. 그리고 삼십 년 가까이 고생했으면 이제는 자신의 행복을 찾을 때도 됐지. 그러니 나는 걱정하지 말고 유모하고 남편만 생각해."

"흑흑흑!"

따스한 석진호의 말에 소하정은 눈물을 그치기는커녕 더욱더 오열했다.

그러나 그 모습을 이상하게 보는 사람은 없었다.

석진호와 소하정의 관계에 대해 모르는 이가 없어서였다.

오히려 감정이 풍부한 몇몇 여인들은 눈가를 손가락으로 톡톡 건드렸다.

"자, 다른 사람들하고도 인사해야지."

"꼭 행복하게 해 주겠습니다, 관주님."

"그래야지. 나를 따로 보지 않으려면 말이야."

"하하하……."

겨우겨우 감정을 추스르는 소하정을 대신해 하정객잔의 수석 숙수인 조진량이 입을 열었다가 어색하게 웃었다.

농담이 농담처럼 들리지 않아서였다.

석진호가 소하정을 얼마나 끔찍하게 생각하는지 너무나 잘 알았기에 조진량은 절대 빈말로 들을 수 없었다.

"이 사람한테 너무 겁주지 마세요. 가뜩이나 겁에 질려 있는데."

"농담인데?"

"도련님은 농담이라고 해도 이 사람에게는 농담으로 들리

무인환생

지 않을 거예요."

"그럼 진담으로 하는 걸로."

"헙!"

조진량의 얼굴이 사색이 되었다.

하나 그에게는 든든한 지원군이 있었다.

"장난은 그만해요."

"농담 아냐. 유모를 울리면 진짜 가만 안 둘 거야. 내가 화내는 거 본 적 없지? 만약 유모를 울리면 내가 화났을 경우 어떤 일이 벌어지는지 보게 될 거야."

부르르르!

조진량이 몸을 떨었다.

딱히 기도를 드러내지 않았음에도 그는 전신에 소름과 닭살이 돋았다.

상상만 해도 모골이 송연해졌던 것이다.

"잘하면 그런 일이 벌어지지 않을 테니까 너무 긴장하지는 말고."

"하하, 네……."

누가 봐도 바짝 언 모습으로 조진량이 어색하게 웃었다.

그리고 석진호의 손이 어깨를 두드릴수록 그의 안색은 점점 더 창백하게 변해 갔다.

"오라버니도 짓궂으시다니까."

"난 진담이라니까."

"알죠. 근데 숙수님께서 잘하실 거예요. 그렇죠?"

"무, 물론이죠!"

소하정에 이어 당하린도 조진량에게 힘을 보태 주었다.

그러자 조진량의 얼굴이 대번에 밝아졌다.

부인만큼은 아니지만 당하린도 승천무관에서는 제법 영향력이 있었기에 내심 안도하며 석진호의 눈치를 살폈다.

"잘하면 되지, 잘하면."

"열심히 하겠습니다!"

석진호의 시선이 다시 소하정에게로 돌아갔다.

그런데 정작 소하정은 탁윤과 정마륭의 손을 붙잡고서 잔소리 아닌 잔소리를 하는 중이었다.

근처이긴 하나 승천무관을 나가는 만큼 두 사람에게 신신당부했다.

"너무 걱정하지 마세요."

"오늘까지도 이러실 거예요?"

좀처럼 끊이질 않는 소하정의 잔소리에 언제 훌쩍였냐는 듯이 정마륭이 질린 표정을 지었다.

하지만 소하정은 이렇게 해도 마음이 놓이지가 않았다.

가장 가까이에서 석진호를 보필하는 사람이 두 사람인 만큼 아직도 할 말이 많았다.

"저희도 다 컸어요."

"알지. 그래도 늘 생각하고 신경 써야 해. 알았지?"

"알았으니까 좀 즐기세요."

탁윤마저도 그만하라고 하자 소하정은 그제야 잔소리를 멈췄다.

그러고는 두 사람을 차례대로 껴안았다.

"이렇게 먼저 가서 미안. 마지막까지 함께하고 싶었는데."

"윤이가 말했지만 저희도 다 컸어요. 그리고 장유유서라는 말도 있잖아요. 객잔주님이 가셔야 관주님도 가고, 저희도 가죠."

"어떻게, 내가 한번 다리 좀 놔 줄까? 안 그래도 눈여겨보고 있는 아이들이 몇 있는데."

"그건 걱정하지 않으셔도 될 것 같아요. 하린 아가씨와 나연 아가씨께서 책임져 주겠다고 하셨거든요."

정마룡이 단호하게 고개를 저었다.

소하정의 안목을 못 믿는 건 아니지만 황화현은 냉정하게 말해 시골이었다.

북경이라면 모를까 황화현에서 인물은 다 고만고만했기에 정마룡은 단칼에 거절했다.

"그렇단 말이지? 알았어. 난 빠질게. 대신 나중에 나한테 매달리지는 마?"

"흐흐! 그런 걱정은 안 하셔도 될 것 같습니다."

"근데 다 떠나면 좀 허전하시기는 하겠다."

결혼식 날임에도 소하정은 여전히 석진호를 걱정했다.

멀리 떠나는 게 아니기에 매일같이 찾아올 생각이지만 그럼에도 염려가 되는 건 어쩔 수 없었다.

"당장 닥칠 일도 아닌데요. 그리고 관주님 곁에는 두 분이 계시잖아요. 어쩌면 더 늘어날 수도 있고요."

정마룡이 음흉하게 웃으며 하객들을 쳐다봤다.

두 여인이 석진호의 곁에서 두 눈을 시퍼렇게 뜨고 있음에도 하객이라는 명목하에 승천무관을 찾은 여인들이 수십 명이었다.

그중에는 명문 세가의 여식들도 수두룩했고.

"나도 알긴 아는데, 걱정이 되네."

"이젠 가정을 생각하셔야죠."

"그게 될지 모르겠다."

"객잔주님!"

어느 정도 대화가 마무리된 듯하자 이번에는 채소설이 안겨 들었다.

기다리고 있다가 달려든 것이었다.

"어이쿠야."

이제는 소녀라는 말보다 숙녀라는 말이 먼저 나올 정도로 큰 채소설의 포옹에 소하정이 휘청거렸다.

하지만 이내 그녀는 채소설의 등을 부드럽게 쓸어내렸다.

"결혼 축하드립니다, 객잔주님."

"고맙다, 소강아."

武人還生
무인환생

"나가셔도 저는 늘 곁에 있을 겁니다. 객잔주님의 호위 무사이니까요."

"안 그래도 되는데."

"계약입니다. 그리고 제가 하고 싶기도 하고요."

채소강이 어른스럽게 웃으며 말했다.

하지만 조숙한 그 모습에도 소하정은 채소강의 엉덩이를 두드렸다.

"아직은 실력이 부족하니 좀 더 강해진 다음에 그런 말을 하렴. 적어도 흑휘를 잡을 정도는 되어야 하지 않겠니?"

"으윽!"

채소강이 신음을 흘렸다.

그동안 흑휘에게 당한 굴욕들이 떠올라서였다.

"집도 엎어지면 코 닿을 거리인데 호위는 무슨. 난 괜찮으니까 너랑 소설만 생각해. 아직 많이 남았다고 생각할지 모르지만 그건 장담할 수 없어. 네가 예상했던 것보다 더 빨리 시집갈 수도 있다?"

"네?"

소하정에게 안겨 있던 채소설이 두 눈을 동그랗게 떴다.

그런데 하도 울어서 그런지 눈동자가 뻘겋게 변해 있었다.

"요리 잘해, 성격 착해, 거기다 예쁘기까지 하니 노리는 애들이 상당할 거야."

"그, 그게 무슨 말씀이세요."

"앙큼하긴. 다 들었으면서."

"앗!"

채소설이 새빨개진 눈처럼 얼굴을 붉히며 소하정의 품에 파고들었다.

어떻게든 붉어진 얼굴을 가리기 위해서였다.

반면에 채소강의 표정은 지옥의 야차처럼 변했다.

절대 누구에게도 여동생을 허락하지 않겠다는 듯이 말이다.

"어머? 얘 좀 보게?"

"아직 멀었습니다."

"너무 품에 안고 있어도 안 좋아. 도련님을 보고 배워."

채소강의 동공이 순간 흔들렸다.

그 역시 알고 있었다.

언젠가는 여동생이 성년이 될 테고 남자를 만나 혼인을 할 거란 사실을.

다만 아직은 준비가 되어 있지 않았다.

"축하드려요, 객잔주님!"

"정말 아름다우세요."

채소강이 굳어 있는 사이 당하린과 팽나연이 다가왔다.

그러자 소하정 역시 눈을 반짝였다.

"저보다는 두 분이 더 아름다우신데요?"

"그럴 리가요. 오늘의 주인공은 신부인데요."

팽나연과 당하린의 손을 하나씩 잡고서 소하정이 고개를
저었다.

　아무리 자신이 꾸몄다고 하나 두 여인과 비교하면 달빛 아
래 반딧불 정도였다.

　"이 나이 먹고 괜히 일을 크게 벌인 건 아닌지 모르겠어요."

　"아니에요. 잘 선택하셨어요. 사람은 누구나 행복해질 권리
가 있으니까요. 그리고 오라버니의 곁에는 저희가 있잖아요."

제75장 안식(安息)

소하정이 고개를 크게 끄덕였다.

안 그래도 그녀가 결혼을 결심할 수 있었던 가장 큰 이유 중 하나가 바로 당하린과 팽나연의 존재였다.

자신이 결혼하더라도 석진호의 곁에는 두 여인이 있을 것이기에 소하정은 걱정을 하면서도 고민은 그리 길지 않았다.

"저희 도련님, 잘 부탁드려요. 다 잘하고 완벽하신 것 같지만, 저희 도련님도 사람이에요. 그러니까 늘 곁에 있어 주세요."

"걱정 마세요. 가라고 해도 바짓가랑이를 붙잡고 매달릴 거거든요. 이건 비밀인데 아버지께서도 어떻게든 버티라고 하셨어요."

"나도 그래. 우리 아빠도 예전하고는 완전히 달라지셨어."

당하린과 팽나연의 말에 소하정의 미소가 짙어졌다.

말만 들어도 든든했던 것이다.

그리고 한편으로는 기대가 되었다.

석진호의 자식들이 말이다.

'아들, 딸 한 명씩. 아니, 두 명씩도 괜찮을 것 같은데.'

순간 소하정은 상상의 나래를 펼쳤다.

팽나연과 당하린이 각자 아기 남매를 품에 안고 있는 상상을 말이다.

물론 그 넷을 안고 있는 자신도 상상했다.

'도련님을 닮으면 얼마나 귀여울까.'

애기 때는 그렇게 손이 많이 갔었다.

하지만 소하정은 그게 유별나다고 생각하지 않았다.

태어남과 동시에 엄마를 잃은 석진호였다.

아빠가 있긴 하나 그 당시의 석명일은 일에 미쳐 살았기에 아빠로서의 역할을 일절 하지 않았었다.

그런 만큼 손이 많이 가는 건 당연할 수밖에 없었다.

석진호에게는 그녀만이 유일했으니까.

'그랬던 도련님이 어느새 천하에서 제일가는 고수가 되었으니, 호호호!'

자신이 배 아파 낳은 자식은 아니지만 석진호는 그녀에게 있어 자식이나 마찬가지였다.

武人還生
무인환생

마음으로 낳은 자식이라고나 할까.

그렇기에 소하정은 멋지게 큰 석진호가 너무나 대견했다.

"무슨 생각을 그렇게 하세요?"

"두 분이 자식을 낳으면 어떨까 하고요."

"어머."

"음!"

생각지도 못한 대답에 당하린과 팽나연이 얼굴을 붉혔다.

상상하는 것만으로도 부끄러웠던 것이다.

특히 아기를 만드는 과정이 그녀들의 심장을 벌렁거리게
만들었다.

"아기는 걱정하지 마세요. 제가 있으니까요. 제가 제일 잘
하는 게 바로 아기를 돌보는 거예요. 물론 공백이 좀 있기는
하지만, 하던 가락이 어디 가는 건 아니니까요."

"아, 아기라뇨."

"아직 혼인도 올리지 않았는데……."

부끄러워하면서도 둘 다 싫은 기색은 아니었다.

오히려 붉어진 얼굴로 눈을 빛냈다.

그 모습에 소하정이 흐뭇하게 웃었다.

석진호만 허락하면 혼례를 올리는 게 그리 멀지만은 않은
것 같아서였다.

"저는 늘 두 분의 편이에요."

"고마워요, 객잔주님."

두 여인이 눈을 빛냈다.

다른 이도 아닌 소하정의 말이었기에 그렇게 든든할 수가 없었다.

누가 뭐래도 소하정은 석진호에게 있어 엄마나 다름없는 존재였으니까.

소하정이 신랑과 함께 승천무관 식구들을 시작으로 지인 들에게 인사를 돌고 있을 때 한쪽에 앉아 있던 남궁후가 입맛을 다셨다.

어느새 승천무관 사람들과 자연스럽게 어우러져 있는 팽나연과 당하린을 보자 기분이 씁쓸해졌던 것이다.

"좀 더 빨리 움직였어야 했는데."

"전 어쩔 수 없었다고 봅니다."

연신 씁쓸하게 입술을 비트는 부친의 모습에 남궁수가 어깨를 으쓱거렸다.

어느 누가 석진호가 저리될 줄 알았을까.

하북팽가와 사천당가는 속된 말로 운이 좋았다.

물론 닿은 인연을 놓치지 않은 것도 중요했지만 말이다.

"그렇다고 포기할 수는 없지."

"경쟁자가 너무 많습니다만."

원탁 위에는 하정객잔에서 준비한 먹음직스러운 음식들이 가득했으나 정작 남궁수는 차만 들이켰다.

武人還生
무인환생

맛이 없어서가 아니라 딱히 입맛이 없어서였다.

그 역시 짧은 시간이기는 하지만 승천무관에서 머물렀었기에 맛을 의심하지는 않았다.

"그럴 수밖에. 두 명이 있다고 하지만 관점을 살짝 비틀면 둘밖에 없는 것이기도 하니까."

초대장을 받고 온 사람이건, 일단 소식을 듣고 무작정 찾아온 사람들이건 다들 하나같이 딸이나 어린 자식들을 데려왔다.

딸을 가진 이들은 혹시나 석진호와 맺어질 수 있지 않을까 하는 기대감을, 그리고 어린 자식들을 데려온 이들은 운 좋게 제자가 될지도 모른다는 망상을 품고 있었다.

"문제는 그 둘이 꽤나 세다는 거죠."

"우리 연이가 밀릴 거라고는 생각하지 않는데 말이지."

"저도 그 부분에는 동의합니다만."

남궁수가 씁쓸한 표정을 지었다.

어떻게 보면 이것 역시 정략결혼이라고 할 수 있었다.

물론 아직 확정된 건 아니지만 중요한 건 남궁연의 기분이 썩 좋지는 않을 거라는 점이었다.

"난 괜찮아. 신랑감으로 석 공자님이면 차고 넘치지."

"응?"

"요상한 놈팽이보단 훨씬 나으니까. 아마 바람도 안 피울 걸. 오히려 지금처럼 여자가 꼬이면 꼬였지. 그리고 가장 큰 문제는 석 공자님이 아냐. 두 언니들이지."

조용히 둘의 대화를 경청하고 있던 남궁연이 씨익 웃었다.

어떻게 보면 정략결혼이었으나 남궁연은 그 부분에 대해서 섭섭하지 않았다.

명문 세가의 여식으로 태어난 만큼 이 부분은 어쩔 수가 없다는 점을 인지하고 있기도 하거니와 상대가 석진호라면 그녀도 나쁘지 않았다.

이왕 부인이 될 거라면 천하제일인의 부인이 낫았다.

"두 소저가 만만치 않기는 하지."

"아마 대부분이 두 언니들에게 나가떨어질걸. 가문으로 따져도 둘 다 꿀리지 않고."

다른 곳도 아니고 오대세가 중 두 곳이었다.

그런 만큼 웬만한 강심장이 아니고서야 석진호에게 먼저 다가가지는 못할 터였다.

"너무 위험한 발언들을 하고 있는데."

"군성."

위풍당당하게 걸어오는 당군성의 모습에 남궁후가 미간을 좁혔다.

하지만 불편한 기색을 여지없이 드러내는 남궁후의 모습에도 당군성은 웃으며 빈자리에 턱하니 앉았다.

"자네가 이럴 줄은 몰랐는데 말이지."

"아직 정해진 건 아무것도 없지 않나. 석 관주가 반려자를

무인환생

한 명만 받아들이겠다고 한 것도 아니고."

"그러니 해 보겠다?"

"선택권은 자네가 아니라 석 관주에게 있을 텐데."

사뭇 도발적으로 반문하는 당군성을 향해 남궁후가 대답했다.

그러자 당군성이 피식 웃었다.

"천하의 검왕이 이렇게 나올 줄이야."

"사돈 남 말 할 처지는 아니라고 생각하는데."

"어허, 적어도 나는 이렇게 무대포로 밀어붙이진 않았어."

"운이 좋았지."

"후후! 운도 실력이라는 말 모르나?"

남궁후의 얼굴이 살짝 일그러졌다.

너무나 얄미운데 반박할 수가 없어서였다.

"⋯⋯안심하기에는 이르다고 생각하는데."

"그렇긴 한데 출발선이 다르지. 하린이는 정실을 노리는 위치이고 다른 이들은 간택을 받느냐 마느냐의 위치이니까."

"허!"

남궁후가 헛웃음을 흘렸다.

그런데 적나라하기는 해도 틀린 말은 아니었다.

"쉽지는 않을 걸세. 우리 사위가 되게 어려운 남자거든. 하린이도 겨우겨우 버틸 정도로."

"어려울 거란 건 이미 알고 있네. 그럼에도 다들 딸들을 데려온 건 놓치고 싶지 않아서이고."

남궁후의 시선이 석진호를 지나 곳곳에 포진되어 있는 비성곡도들을 쳐다봤다.

세간에 알려지지 않았으나 그를 비롯하여 몇몇은 비성곡에 대해서 알고 있었다.

그래서 그나 소림권존, 화산의 권왕이 직접 온 것이었다.

승천무관의 전력도 은근슬쩍 파악할 겸 혹시나 비무를 할 수 있을까 싶어서.

"그 마음은 충분히 이해하네. 나라도 그랬을 테니까. 그런데 다른 것도 노리는 것 같은데."

"아니라고는 말 못 하겠군."

"하긴. 나도 마찬가지니까."

당군성이 직접 방문한 이유도 남궁후와 같았다.

때문에 그의 시선도 엄유강에게 닿았다.

"멋모르는 자들이나 날뛰지 이곳이 얼마나 무서운 곳인지 아는 이들은 절대 경거망동하지 못하지."

"후후! 공동파는 알까, 서장무림에 밀린 게 차라리 잘된 일이라는 것을."

"아마 모르겠지."

남궁후는 확신할 수 있었다.

만약 비성곡에 대해서 알고 있다면 절대 석진호를 도발하지는 못했을 터였다.

무인환생

모르면 용감하다는 말처럼 정말 몰랐기에 가능했던 일이라고 생각했다.

"만약 한 번 더 물고 늘어지면 그때는 진짜 큰일이 벌어질 거야."

"당장 곡주님만 가도 현재의 공동파는 버티질 못할 테니까."

"우리 예비 사위가 가도 끝장이고."

직접 겨뤄 보지는 못했지만 남궁후 정도의 실력이면 석진호의 경지를 어느 정도 가늠할 수 있었다.

그렇기에 그는 단언할 수 있었다.

석진호가 마음만 먹으면 오랜 세월 구대문파의 일좌를 차지했던 공동파도 지워 버릴 수 있음을 말이다.

"아까도 말했지만 아직 결정된 건 아무것도 없는 걸로 아는데."

"저 모습이 충분히 대답이 된다고 생각하는데 말이지."

당군성이 소하정과 대화를 나누고 있는 당하린을 눈짓하며 히죽 웃었다.

그런데 남궁후의 반응은 예상 밖이었다.

당군성의 의도를 모를 리 없을 텐데도 그는 분하다는 표정 대신 의미심장한 미소를 머금었다.

"긴장되나 보군. 하긴, 우리 연아가 아름답긴 하지."

"그렇게 정신 승리한다고 해서 달라지는 건 없을 것 같은데."

"길고 짧은 건 대봐야지. 이미 정실이 정해졌다면 모를까, 아직 정해진 건 아무것도 없는데."

남궁후의 말에 꽃단장한 딸을 데려온 이들이 알게 모르게 고개를 끄덕였다.

그들이 괜히 딸을 꽃단장시키고서 데려온 게 아니었다.

팽나연과 당하린이 유리한 건 사실이었으나 그렇다고 두 사람이 석진호와 백년가약을 맺은 건 아니었다.

그 말은 달리 말하면 아직 파고들 여지가 있다는 뜻이었다.

"으음!"

"자네가 날 찾아왔다는 것 자체가 불안해서 아닌가? 스스로 확신이 있었다면 이렇게 날 찾아오지는 않았겠지."

"……."

당군성이 얼굴을 굳혔다.

속내를 정확히 읽히자 아예 말을 하지 않은 것이었다.

"승부의 세계는 냉정하다는 거, 잘 알지 않나. 그리고 아직 승부는 나지 않았어."

"이만 가지."

"후후후!"

본전도 못 찾고서 당군성이 결국 자리를 떴다.

그리고 그 모습을 많은 이들이 의미심장하게 쳐다봤다.

무인환생

문 앞에 선 당하린이 크게 심호흡을 했다.

하지만 아무리 심호흡을 해도 미친 듯이 뛰는 심장은 좀처럼 가라앉을 기미를 보이지 않았다.

방을 나설 때는 아무렇지도 않았는데 막상 문 앞에 서자 그녀는 이상하게 손을 뻗을 수가 없었다.

'정신 차려, 당하린!'

낮에 결혼식을 구경하면서 그녀는 팽나연과 함께 백리선에게 많은 것을 물어봤다.

어떤 마음가짐으로, 각오로 애를 가졌는지 궁금해서였다.

보통 각오가 아니고서는 식을 올리기 전에 애부터 갖는 게 불가능했기에 당하린은 전음으로 많은 것들을 물었다.

그리고 그 결과가 지금의 상황이었다.

'나연 언니는 달랐을까?'

백리선의 얘기를 듣고 결심한 건 그녀뿐만이 아니었다.

같이 얘기를 듣던 팽나연 역시 그녀와 같은 마음을 품었다. 그래서 두 사람은 순서를 정해야만 했는데, 운 좋게도 당하린이 이겼다.

꿀꺽!

처음에는 그게 너무나 기뻤지만 막상 이렇게 석진호의 침실 앞에 서자 좀처럼 발이 떨어지지 않았다.

심장은 터질 것처럼 뛰고 얼굴이 화끈거렸다.

하지만 이내 당하린은 흥분을 가라앉히고 손을 뻗었다.

낮에 석진호를 훔쳐보던 수많은 여인들의 시선을 떠올리자 긴장이 어느 정도 풀렸다.

'이대로는 안 돼. 내가 용기를 내야 해.'

똑똑똑.

다부진 얼굴로 입술을 깨문 당하린이 조심스럽게 방문을 두드렸다.

그런데 대답을 기다리는 시간이 마치 억겁처럼 느껴졌다.

"이 늦은 시간에 무슨 일이야?"

끼이익.

찰나가 억겁처럼 느껴질 때 문이 열리며 침의 차림의 석진호가 모습을 드러냈다.

늦은 시간이라 그런지 석진호의 얼굴에는 의아함이 짙게 서려 있었다.

"들어가도 돼요?"

"들어와."

당하린의 떨리는 목소리에서 심상치 않음을 느낀 모양인지 석진호가 얼굴을 살짝 굳히며 문을 활짝 열었다.

그 사이로 당하린이 조심스럽게 방 안으로 들어갔다.

'으음!'

처음인 것도 아니고 몇 번이고 왔었던 방인데 이상하게 당하린은 가슴이 떨렸다.

동시에 얼굴이 화끈거렸다.

얼마나 뜨거운지 얼굴 주위의 온도가 다르게 느껴질 정도로 말이다.

그래서 당하린은 고개를 들 수가 없었다.

"앉아."

"네에."

분명 분위기가 평소와 다르다는 걸 알 텐데도 석진호의 목소리는 담담했다.

굳이 이유를 묻지 않고 차분히 기다려 준다는 느낌이라고나 할까.

이윽고 따스한 차향이 방을 채우기 시작했다.

"오늘 들어온 용정차야. 최고급이라 그런지 맛이 확실히 다르더라."

"감사합니다."

눈을 마주하지 못하며 당하린이 조심스럽게 차를 들이켰다.

그러나 맛은 전혀 느껴지지 않았다.

온 신경이 딴 데 가 있어서 그런지 물인지 차인지 구분이 가지 않았던 것이다.

후르릅.

반면에 석진호는 조용히 차를 음미했다.

당하린이 갑자기 찾아왔음에도 아무것도 묻지 않고 담담히 용정차를 들이켰다.

꼼지락꼼지락.

이어지는 침묵에 당하린이 양손을 만지작거리며 석진호를 힐끔 쳐다봤다.

하지만 그녀의 시선을 느끼지 못하는 건지, 아니면 못 느낀 척하는 건지 석진호는 우아한 자세로 차만 홀짝였다.

"오늘 좀 이상하네."

"어, 어떤 점이요?"

"본인이 가장 잘 알 거 같은데."

석진호가 피식 웃었다.

아닌 척해도 티가 너무 많이 나서 모른 척하기가 힘들 정도였다.

"많이 이상해 보여요?"

"동경(銅鏡) 가져다줄까? 지금 스스로의 얼굴을 보면 내가 굳이 대답을 하지 않아도 될 것 같은데."

"아, 안 가져다주셔도 괜찮아요."

당하린이 두 손으로 얼굴을 가렸다.

하지만 그럼에도 한번 달아오른 얼굴은 좀처럼 가라앉을 기미를 보이지 않았다.

"술은 안 마신 것 같은데."

"저 안 취했어요. 맨정신이에요."

"그런 것 같아. 술 냄새는 안 나니까."

석진호가 고개를 주억거렸다.

술을 마셨다면 그의 예민한 후각이 놓쳤을 리 없었다.

또한 당하린은 평소에 술을 즐겨 마시는 편이 아니었다.

마셔도 사람들과 같이 마셨지 혼자 마시진 않았다.

"제가 오라버니를 찾아온 건 다름이 아니라……."

지금껏 눈을 마주하지 못했던 당하린이 고개를 들었다.

비록 흔들리기는 해도 석진호를 똑바로 쳐다봤던 것이다.

하지만 그녀의 말은 끝까지 이어지지 않았다.

석진호의 손이 당하린의 팔을 붙잡았던 것이다.

"후회 안 하겠어?"

"저를 실망시킬 건가요?"

"난 책임 안 질 행동은 하지 않아."

"그거면 됐어요."

언제 떨었냐는 듯이 당하린이 살포시 웃었다.

그러자 석진호도 마주 웃으며 그녀를 번쩍 들어 올렸다.

망설이지 않고 침상으로 이동했던 것이다.

'후후!'

두 눈을 감고서 얌전히 품에 안겨 있는 당하린의 모습에 석진호가 속으로 웃었다.

사실 그는 당하린의 표정을 보는 순간 알았다.

그녀가 어떤 마음가짐으로 자신의 방을 찾았는지 말이다.

이번 생은 처음이었지만 과거 그는 호색한이라 불릴 정도로 여자를 밝혔었다.

성공한 남자가 원하는 건 뻔했다.

명예, 돈, 여자 등등 무림 고수가 되면서 석진호는 많은 걸 소유했고 누렸다.

그리고 그중에는 당연히 수많은 여인들도 있었다.

하지만 누구에게도 마음을 준 적은 없었다.

'좋은 여자지. 하린이는.'

조금의 흐트러짐도 없는 침상에 당하린을 조심스럽게 내려놓으며 석진호는 생각했다.

함께한 시간이 적지 않았기에 석진호는 잘 알았다.

당하린이 좋은 여자라는 점을 말이다.

그의 전생을 다 포함해도 당하린과 같은 여인은 드물었다.

'나연 역시 마찬가지고.'

당하린과 팽나연보다 아름다운 여자는 많았다.

그러나 두 사람만큼 석진호를 생각해 주고 위해 주는 여인은 없었다.

때문에 석진호는 고민하지 않았다.

물론 망설이지도 않았다.

사르륵.

긴장으로 인해 파르르 떨리는 당하린의 속눈썹을 잠시 내려다보던 석진호가 천천히 겉옷을 벗겼다.

武人還生
무인환생

그런데 그 손길이 너무나 능숙했다.

거사를 위해 최대한 간편하게 옷을 입고 왔긴 했으나 그럼에도 너무나 자연스러운 석진호의 손길에 당하린이 슬쩍 눈을 떴다.

"……너무 능숙하신 거 아니에요?"

"왜? 다른 여자가 있을 것 같아?"

"분명히 없었는데……."

당하린의 동공이 순간 흔들렸다.

석진호의 주위에 다른 여자가 없다는 건 누구보다 그녀가 가장 잘 알았다.

심지어 지금껏 만난 여자도 없다는 것도.

그런데 지금 보여 주는 기술은 한두 번 해 본 솜씨가 아닌 것 같았다.

"옷이 다 거기서 거기지."

"틀린 말은 아닌데……."

"생각할 시간이 필요하면 말해. 여기서 멈추……."

"아뇨. 어떻게 얻은 기회인데 놓칠 순 없죠. 누구 좋으라고요."

언제 고민했냐는 듯이 당하린이 활짝 웃었다.

절대 놓을 수 없다는 듯이 석진호의 손을 붙잡으면서 말이다.

"나연이하고는 합의를 본 모양이네?"

"네. 제가 뽑기에서 이겼어요. 그러니까 멈추지 마세요."

"그렇다면야."

잠시 중단되었던 작업이 재개되었다.

순식간에 상하의가 벗겨지며 젖가리개와 속곳만이 남았다.

"부, 부끄러워요."

어느새 꺼진 등잔불로 인해 방 안은 어두웠다.

열린 창문으로 들어오는 달빛만이 은은하게 방을 밝혀 주고 있었으나 석진호나 당하린 정도의 무인에게 어둠은 아무런 장애가 되지 못했다.

그걸 너무나 잘 알기에 당하린이 두 손으로 얼굴을 가렸다.

"예쁘네."

"저, 정말요?"

"내가 빈말하는 것처럼 보여?"

석진호가 씨익 웃었다.

그런 그의 시선은 살짝 벌어진 당하린의 손가락 사이로 향했다.

양손으로 얼굴을 가렸지만 두 눈이 있는 부분이 살짝 벌어져 있음을 알아서였다.

스으윽.

당하린의 대답을 들을 새도 없이 젖가리개가 벗겨지고 속

武人還生
무인환생

곳 역시 내려갔다.

그리고 석진호의 침의 역시 순식간에 벗겨졌다.

"사, 살살 해 주세요."

"걱정하지 마."

"믿어요."

터질 것처럼 붉어진 얼굴을 드러내며 당하린이 석진호의
품에 안겼다.

이윽고 방 안에 뜨거운 열기가 휘몰아쳤다.

❋

두 마리 늑대가 함께하는 특이한 무리가 북해빙궁으로 다
가갔다.

문지기 하나 없이 거대한 철문이 굳게 닫혀 있었는데 그
모습을 본 백발의 청년이 히죽 웃었다.

"옛날에는 참 지겹다고 생각했는데. 오랜만에 보니 반갑
네."

"크네."

"당연하지. 북해의 자존심인데. 이 정도는 되어 줘야 북해
의 패자라고 하지 않겠어? 근데 반응이 좀 불만족스러운데?"

대수롭지 않게 딱 한마디만 하는 석진호의 모습에 북궁혁
이 미간을 구겼다.

기대했던 반응과는 너무나 달라서였다.

함께 온 당하린과 팽나연, 엄진근이 입을 쩍 벌리며 놀라워하는 것과 달리 석진호는 너무나 담담했다.

마치 예전에 한번 왔었던 것처럼 말이다.

"우와! 궁궐이네! 어마어마하게 크네!"

"……그만해라. 너무 티 난다."

"나에게 너무 많은 걸 바라지 마라."

어색해도 그렇게 어색할 수가 없는 석진호의 연기에 북궁혁은 결국 고개를 저었다.

대신 빙랑이와 태랑이가 그의 텅 빈 마음을 채워 주었다.

두 마리 다 북해가 처음일 텐데도 추위도 잊은 채 미친 듯이 뛰어다녔다.

"대신 두 녀석이 신나 하잖아. 저걸로 만족해."

"전혀 만족이 안 되는데 말이지."

그그궁.

일행의 도착을 안 건지, 아니면 한노가 따로 전음을 보낸 건지 정문에 도착하기 무섭게 거대한 철문이 서서히 열리기 시작했다.

그런데 활짝 열린 정문 너머에 생각지도 못한 사람이 서 있었다.

"하하! 북해에 온 걸 환영하네!"

극진한 환대가 이런 것이라는 듯이 북궁벽을 위시로 북해

武人還生
무인환생

빙궁의 수뇌부가 모조리 나와 있었던 것이다.

그 모습에 석진호를 제외한 모두가 깜짝 놀란 표정을 지었다.

정신없이 뛰어다니던 빙랑이와 태랑이도 일순 얌전해졌다.

전방에서 자연스레 흘러나오는 기운에 위축된 것이었다.

"북해요?"

"본궁이 북해의 시작이자 끝이라네."

반면에 석진호는 어이없는 표정을 지었다.

하지만 이어지는 그의 말에 동의할 수밖에 없었다.

북해의 패자이자 맹주이며 지배자가 북해빙궁이었다.

서장에 포달랍궁이 있고 신강에 마교가 있다면 북해에는 북해빙궁이 있었다.

"돌아왔습니다, 궁주님."

"허어! 이런 경사가!"

석진호를 시작으로 일행 한 명 한 명과 인사하던 북궁벽의 두 눈이 휘둥그레졌다.

한노를 보고는 깜짝 놀랐던 것이다.

단숨에 그가 벽을 넘은 걸 알아차린 북궁벽은 한달음에 다가와 한노의 손을 붙잡았다.

"운이 좋았습니다."

"하하! 두드리고 두드리더니 결국 넘었구먼! 정말 축하하네!"

"감사합니다."

"그리고 운도 실력이라네. 아무 이유 없이 행운이 찾아오지는 않거든."

한노의 어깨를 두드리며 북궁벽이 진심으로 축하해 주었다.

개인적으로도 좋은 일이지만 북해빙궁에도 경사였다.

그렇기에 북궁벽은 크게 웃으며 기뻐했다.

"어째 아들은 안 보이시나 봅니다?"

"어련히 잘 지냈으려고. 소식도 한노를 통해서 듣고 있고."

투덜거리는 북궁혁의 말을 한 귀로 듣고 한 귀로 흘려버리며 북궁벽이 말했다.

무사 귀환도 무사 귀환이지만 역시 한노가 초월경에 오른 것보다 기쁜 일은 없었다.

"자, 자! 이제 그만 들어가자. 인사는 다 했으니까. 일단 방부터 배정해 줄게."

길어지는 북궁벽의 말에 북궁혁이 앞장서서 안으로 들어갔다.

가만히 놔두면 계속 이어질 것 같아서였다.

그래서 부친을 대신해 북궁혁이 일행을 이끌었다.

"안녕하세요?"

"아, 얘는 내 여동생."

武人還生
무인환생

"북궁혜미예요. 만나서 반가워요. 오빠한테 얘기 많이 들었어요."

"아, 예. 석진호입니다."

방긋방긋 웃으며 다가와 인사하는 북궁혜미의 모습에 석진호의 좌우를 차지하고 있던 당하린과 팽나연의 두 눈이 매섭게 빛났다.

단순한 인사였지만 여자로서의 직감이 말해 주고 있었다.

그래서인지 두 여인은 빠르게 눈빛을 교환했다.

"이분은 진호의 호위 무사이신 엄진근 대협, 그리고 두 사람은 당하린 소저와 팽나연 소저."

"안녕하세요."

"반가워요. 하북팽가의 팽나연입니다."

"처음 뵙겠습니다. 사천당가 당하린입니다."

무덤덤하게 고개만 까딱이는 엄진근과 달리 팽나연과 당하린은 경계심을 숨기지 않았다.

하지만 그런 두 여인의 모습에도 북궁혜미는 여유롭게 웃었다.

두 여인이 왜 저렇게 경계하는지 그 이유를 모르지 않아서였다.

"인사는 그쯤 하고 숙소부터 안내해 주거라. 그래야 준비한 연회를 시작하지."

"알겠습니다."

묘한 긴장감이 감도는 세 여인을 일별하며 북궁벽이 말했다.

정문에서 너무 오랫동안 시간을 끄는 것 같아서였다.

한노와 따로 얘기할 것도 있었고 말이다.

'참 신기한 녀석이란 말이지.'

북궁벽의 시선이 석진호를 보필하듯 한 걸음 뒤에 서 있는 엄진근에게로 향했다.

주기적으로 한노에게서 보고를 받기는 했으나 그럼에도 그는 놀라움을 감출 수가 없었다.

더구나 승천무관에는 엄진근만 있는 게 아니었다.

'또 다른 초월경의 고수라.'

북해제일궁이라 불리는 북해빙궁에서도 초월경에 오른 고수는 그와 한노를 포함해서 셋밖에 되지 않았다.

그런데 북해빙궁에 비하면 동네 무관이라고 해도 과언이 아닌 승천무관에 초월경의 고수가 두 명이나 있었다.

게다가 석진호는 그조차도 어쩌지 못하는 강자였다.

당장 마음만 먹는다면 중원무림을 규합해서 새외무림을 정복하는 것도 불가능하지만은 않을 터였다.

'생각해 보니 무시무시하군. 역시 친하게 지내야겠어.'

다행스러운 점은 석진호에게 그럴 마음이 눈곱만큼도 없다는 점이었다.

오히려 개인적인 목표가 있는 듯했기에 북궁벽은 정말 다

무인환생

행이라고 생각했다.

또한 더욱 단단한 인연을 만들고 싶었다.

북해무림과 북해빙궁의 안전을 위해서라도 말이다.

궁궐처럼 꾸며진 별채에 짐을 푼 석진호는 북궁혜미의 안내를 받으며 연회장으로 향했다.

그런데 연회의 규모가 상상 이상이었다.

성대하다는 표현이 절로 나올 정도로 연회는 크고 화려했다.

또한 북해빙궁의 거의 모든 인원이 참여한 게 아닐까 싶을 정도로 사람도 많았다.

"당대의 천하제일인이 오는데 이 정도는 해야 하지 않겠나? 더구나 우리가 남도 아니고."

"그건 맞지."

북궁혁이 기다렸다는 듯이 부친의 말에 맞장구를 쳤다.

그 모습에 석진호는 피식 웃었다.

부자의 의도가 무엇인지 단숨에 눈치챘던 것이다.

"그렇다면 감사히 받겠습니다."

"그래그래, 바로 그 마음가짐이면 되네. 우리가 뭐, 많은 걸 바라는 것도 아니고."

"다른 이들은 좀 다른 것 같은데, 곧 주제를 알게 되겠지."

북궁벽의 말마따나 석진호는 당대의 천하제일인이었다.

그것도 중원무림뿐만 아니라 서장무림마저도 평정한.

불과 약관의 나이에 이 모든 걸 이루어 냈기에 북해빙궁의 몇몇 무인들은 석진호에게 호승심을 숨기지 않았다.

패배하더라도 석진호라는 무인과 한번 겨루어 보고자 했던 것이다.

"일일이 다 상대하기에는 관주님의 격이 너무 높죠."

심지어 한노조차 북궁혁의 의견에 동조했다.

북해빙궁 소속이라는 점에 그 누구보다 자긍심이 높은 한노였으나 상대가 석진호라면 얘기가 달라졌다.

천하제일인을 넘어 고금제일인의 자리를 넘보는 무인이 석진호였다.

그렇기에 한노는 일말의 고민도 없이 말했다.

"나 역시 같은 생각이야. 본궁의 무인들은 대단하지만, 석 관주에 비하면 아무래도 많이 부족하지."

"대답하기 죄송하오나, 틀린 말은 아니라고 생각합니다."

"죄송할 것까지야. 나만 해도 일 검을 감당하지 못했는데, 하핫!"

흠칫!

북궁벽의 말에 귀를 기울이고 있던 수많은 이들이 몸을 움찔거렸다.

생각지도 못한 말에 경악한 것이었다.

반면에 석진호는 시종일관 무덤덤한 얼굴로 미리 준비된

자리로 갔다.

"주군께서 번거로울 일은 없을 겁니다. 제가 그렇게 만들 테니까요."

그런 석진호의 뒤로 엄유강에게 신신당부를 받은 엄진근이 섰다.

누구라도 다 때려잡겠다는 눈빛으로 말이다.

그리고 북궁벽과 한노를 제외하면 이 자리에서 그에게 비벼 볼 만한 이는 몇 되지 않았다.

"설마 손님인데 그렇게까지 가겠어?"

엄진근의 우려를 석진호는 크게 생각하지 않았다.

귀빈이나 마찬가지인 대접을 받고 있는데 몰상식하게 첫날부터 그럴까 싶어서였다.

하지만 엄진근의 걱정은 얼마 가지 않아 현실로 나타났다.

쿠웅!

연회가 시작된 지 얼마나 되었다고 벌써부터 거나하게 취한 장년인 한 명이 석진호의 앞으로 다가왔다.

관우가 사용했다던 청룡언월도와 흡사하게 생긴 창을 들고서 석진호에게 성큼성큼 다가왔던 것이다.

"천룡검제께 비무를 청하오이다!"

공력을 이용해 순식간에 취기를 날려 버린 장년인이 우렁차게 소리쳤다.

그러자 힐끔힐끔 석진호를 주시하던 이들이 대놓고 그의

원탁을 쳐다봤다.

하나같이 기대하는 표정으로 말이다.

저벅저벅.

"제가 정리하겠습니다."

모두의 시선이 집중되어 있을 때 석진호의 뒤에 시립해 있던 엄진근이 나섰다.

두 눈을 부리부리하게 뜨며 장년인에게 다가갔던 것이다.

"이게 무슨 뜻입니까?"

한참이나 어렸지만 석진호는 소궁주인 북궁혁의 친구이자 북해빙궁주가 인정한 손님이었다.

하물며 북궁벽조차 예의를 차리는 상대이기에 장년인은 최대한 정중하게 물었다.

"주군과 겨루고 싶다면 나부터 넘으라는 뜻이다. 나조차도 넘지 못하면 주군과 어울릴 자격이 없다."

"허!"

장년인이 어처구니없다는 표정을 지었다.

그러면서 그는 따지듯이 석진호를 쳐다봤다.

정말 이런 식으로 나올 것이냐는 듯이 말이다.

하지만 대답은 북궁벽에게서 나왔다.

"나 역시 같은 생각이다. 무례는 네 쪽에서 했다."

"구, 궁주님!"

"우선은 엄 대협에게 자신의 실력부터 증명해 보이도록."

무인환생

장년인이 난감한 표정을 지었다.

궁주인 북궁벽이 저리 말할 줄은 몰라서였다.

그러나 이내 그는 표정을 가다듬고서 눈앞에 선 엄진근을 노려봤다.

"단숨에 자빠뜨려 주마."

"할 수 있다면."

시종일관 건방진 엄진근의 모습에 장년인이 이를 갈았다.

하지만 호기로운 말과 달리 장년인은 채 십 초를 버텨 내지 못했다.

정확히 아홉 번째 공격에 정신을 잃고서 바닥에 쓰러졌다.

"허어!"

박빙의 승부도 아니고 말 그대로 압도적인 실력으로 장년인을 제압한 엄진근의 모습에 몇몇 장로들이 자리에서 벌떡 일어났다.

범상치 않은 실력자라는 건 풍기는 기도로 알고 있었지만 저 정도로 격차가 날 줄은 몰랐기에 다들 놀란 기색이었다.

그러나 정작 엄진근은 덤덤했다.

매일 상대하던 한노에 비하면 방금 전의 장년인은 하룻강아지나 마찬가지였다.

"살살 하라고."

"대충 하면 배우는 게 없습니다. 대련도 실전처럼이 본 무관의 신조입니다."

"참, 나."

바늘로 찔러도 피 한 방울 나지 않을 것 같은 어조로 대답하는 엄진근의 모습에 한노가 고개를 저었다.

하지만 일정 부분은 동의했다.

저렇게 박살 나 봐야 얻는 것도 분명히 있어서였다.

평화가 너무 오랫동안 지속되기도 했고.

"맞아. 대련도 실전처럼 해야지 실력이 늘지. 그리고 다들 그동안 너무 안일하게 시간을 보냈어. 지금 수준에 만족이나 하고 말이지. 아직 갈 길이 구만리인데 말이야."

북궁벽이 못마땅한 얼굴로 혀를 찼다.

안 그래도 안주하는 모습을 보이는 이들이 꽤 보여 따끔하게 한마디를 할까 고민하던 중이었다.

그러던 차에 엄진근이 나서서 충격을 주자 북궁벽은 내심 기꺼웠다.

"이번엔 나요."

북궁벽의 중얼거림을 들은 건지, 아니면 북해빙궁 무인으로서 자존심이 상했는지 중년인 한 명이 몸을 일으켰다.

그러나 그 역시 앞서 나섰던 장년인과 같은 길을 걸었다.

심지어 장로들까지 나섰음에도 결과는 달라지지 않았다.

"충격요법이 제대로 들어갔는데."

"괜찮겠습니까?"

"뭐 어때. 죽는 것도 아니고. 그리고 다들 몸소 느낄 필요

武人還生
무인환생

가 있어. 세상은 넓고 강자가 많다는 사실을. 그나저나 이거 아무래도 내가 좀 늦은 모양이야."

"무엇이 말씀이십니까?"

북궁벽이 당하린과 팽나연을 향해 눈짓했다.

그 모습에 석진호가 피식 웃었다.

"아직 시간이 남아 있을 거라 생각했는데."

북궁벽이 진심으로 안타깝다는 표정을 지었다.

딸인 북궁혜미와 함께 화기애애한 대화가 오고 갔지만 그는 알고 있었다.

저 모습은 가까이에서 견제하기 위한 것이라는 사실을 말이다.

그래서 북궁벽은 연신 입맛을 다셨다.

"곧 식을 올릴 생각입니다."

"하북팽가와 사천당가는 좋겠어. 천하제일인을 사위로 들였으니. 근데 이왕 둘을 받아들인 거 한 명 더 늘리는 건 어떤가? 둘이나 셋이나 거기서 거기이지 않나?"

북궁벽이 은근한 어조로 물었다.

일편단심이라면 모를까 이미 두 명을 받아들인 상태였다.

거기서 한 명 더 추가한다고 해서 이상할 건 없기에 북궁벽은 살짝 기대하는 표정을 지었다.

"글쎄요. 일단 둘과 혼례를 올리는 게 먼저라고 생각해서요."

"내 딸이어서 하는 말이 아니라 우리 혜미는 미모도 미모지만 성격도 좋고 머리도 똑똑해. 특히 북해 사람만의 매력을 가지고 있지."

북궁벽이 딸의 장점을 속사포처럼 늘어놓았다.

하지만 석진호는 그가 기대하는 대답을 해 주지 않았다.

오늘 처음 본 사이에 이러쿵저러쿵하기도 싫었고 말이다.

다음 날 아침 석진호는 북궁벽과 함께 방을 나섰다.

보여 줄 게 있다는 북궁벽의 말에 따라나섰던 것이다.

"어디까지 가는 겁니까?"

"거의 다 왔네. 원래 외부인에게는 보여 주지 않는 건데, 자네라서 특별히 보여 주는 것이네. 한노의 일도 있고, 나에게 준 것도 있으니."

"여긴⋯⋯."

내원 깊숙한 곳에 위치한 작은 산 앞에 선 석진호가 눈을 빛냈다.

정확하게는 깎아 놓은 듯한 절벽에 시선을 빼앗겼다.

"본궁의 조사전이라 할 수 있는 곳이네. 나도 틈틈이 명상하러 오는 장소이기도 하고."

"역대 궁주님들의 흔적이 남아 있는 곳이군요."

"정확하네. 역시 알아보는군."

북해빙궁의 오랜 역사를 말해 주듯 절벽 역시 기나긴 세월

武人還生
무인환생

이 담겨 있었다.

하지만 석진호의 눈에는 달리 보였다.

아는 만큼 보인다고 그는 절벽에 남겨진 흔적들이 어떤 것인지 한눈에 알아봤다.

"이런 걸 저에게 보여 주셔도 됩니까?"

"빙백신공의 무공 비급을 보여 주는 것도 아니고 단순히 역대 궁주님들이 남기신 흔적을 보여 주는 것 정도인데. 그리고 내가 보기에는 자네에게 참고는 될지언정 크게 깨달음을 줄 것 같지는 않아. 안 그런가?"

"그렇긴 합니다."

"하지만 생각을 넓히기에는 충분할 걸세. 만류귀종이라는 말처럼 무언가를 얻을지도 모르고."

"감사합니다."

석진호가 진심을 담아 고개를 숙였다.

가치를 따질 수 없는 보물이라는 걸 알기에 진심으로 고마워했던 것이다.

"아니네. 나 역시 빚을 갚기 위한 거니까. 정 미안하면 혜미를 받아들여 주면 되고."

"조심히 보겠습니다."

"끄응! 진짜 한 번을 안 넘어오는군. 그럼 대신에 무언가를 얻었다면 그걸 남겨 주었으면 하네."

"그래도 됩니까?"

"물론이네. 좋은 건 나눠야 하지 않겠나? 후후후!"

농담처럼 말했지만 그 안에는 진심이 담겨 있었다.

그렇기에 석진호도 부담 없이 웃었다.

"알겠습니다."

"자네에게 도움이 되었으면 좋겠군."

그 말을 끝으로 북궁벽이 몸을 돌렸다. 석진호가 온전히 집중할 수 있도록 자리를 피해 준 것이었다.

"호오."

북궁벽이 멀어지는 기척을 느끼며 석진호는 절벽을 찬찬히 둘러봤다.

언뜻 보기에는 세월의 풍파로 인한 흔적들처럼 보였으나 석진호는 알았다.

자연적인 것처럼 보이는 흔적들이 사실은 인위적으로 만들어졌다는 것을 말이다.

다만 세월이 덧씌워졌기에 그리 보일 뿐이었다.

"나야말로 우물 안 개구리였군."

석진호가 헛웃음을 흘렸다.

중원이라는 글자처럼 내심 그는 전생 때 모든 것을 다 이루었다고 생각했다. 중원에서 천하제일에 올랐으니 진짜 세상에서 제일 강할 거라고 생각했었다.

하지만 그건 착각이었다.

"기형검의 흔적을 여기서 볼 줄이야."

무인환생

아주 오래된 흔적 중 하나는 바로 기형검으로 만든 것이었다.

빙백신공은 병장기로도 펼칠 수 있는 만큼 다양한 흔적이 있었는데 그중에는 기형검의 검흔도 있었다.

그가 이번에 오른 경지를 수백 년 전에 누군가가 올랐다는 사실에 석진호는 자연스럽게 겸허해졌다.

동시에 단 하나도 허투루 넘어가지 않았다.

"으음!"

어느 순간 석진호는 절벽 앞에 가부좌를 틀고 있었다.

그런 그의 뇌리로 온갖 무리들과 무공 구결들이 떠올랐다가 가라앉았다.

'왔다.'

복잡하게 얽혀 있던 머릿속이 일순 맑아지는 순간 석진호는 느꼈다.

깨달음의 순간이 찾아왔음을 말이다.

동시에 몸이 가벼워지는 듯한 느낌과 함께 그의 뇌리에 빛이 솟구쳤다.

기다리고 기다리던 대오 각성의 순간이었다.

'아직이야.'

마치 문처럼 찬란하게 빛나는 무언가가 석진호를 유혹했다. 지금의 깨달음과 함께 이곳에 손을 뻗으면 새로운 경지에 오를 수 있다고 말이다.

그리고 본능적으로 느꼈다. 저곳에 닿는 순간 무한히 이어졌던 환생을 끊을 수 있다고.

하지만 석진호는 움직이지 않았다.

꿈에도 기다리던 순간이었으나 꼭 오늘일 필요는 없었다.

스르륵.

석진호의 의지를 느낀 것인지 찬란한 빛이 한순간에 사라졌다.

그러나 눈을 뜨는 석진호의 표정은 밝았다.

이미 깨달음은 얻었고, 언제라도 원하는 순간에 그 경지에 도달할 수 있었다.

"마지막 삶은 그동안 하지 못했던 것들을 하며 편하게 살아 봐야지. 다른 의미의 행복도 느껴 보면서 말이지."

파아아앗!

자리에서 일어난 석진호가 절벽의 한 곳을 쳐다봤다.

그러자 매끈한 절벽에 기묘한 흔적이 생겨났다.

석진호가 쳐다본 곳에 검 모양의 흔적이 갑자기 나타났던 것이다.

"약속은 지켰습니다."

너무나 말끔하게 생긴 흔적을 잠시 지켜보던 석진호가 의미심장하게 웃으며 몸을 돌렸다.

그런 그의 입가에는 싱그러운 미소가 맺혀 있었다.

武人還生
무인환생

외전 1. 정마룡의 이야기

아우우우!

깊은 산속을 삼랑이들이 질주했다.

도망치는 산적을 단 한 명도 놓치지 않겠다는 듯이 맹렬한 속도로 달려갔던 것이다.

"흩어져!"

그런 삼랑이들의 뒤로 승천무관의 전용 무복을 입은 관도들이 발 빠르게 쫓았다.

사방팔방으로 뿔뿔이 흩어지는 산적들을 따라 마찬가지로 산개했던 것이다.

그리고 맨 뒤에서 정마룡이 지휘하고 있었다.

"어디 보자."

처음이 아니기에 관도들은 각자 맡은 임무를 잘 수행하고 있었다.

그래서 정마룡이 딱히 지시할 건 없었다.

나이는 어려도 전부 다 한 명의 무인이었다.

그것도 승천무관 소속의.

"딱히 위험한 놈은 없으니 기다리면 되려나."

이제는 연례행사가 된 산적 토벌이었다.

하북성에는 하북팽가도 있고 석가장과 석풍표국이 있었으나, 정마룡은 최소 일 년에 한 번씩은 직접 산적 토벌에 나섰다.

다른 게 아니라 하북성의 평화를 위해서였다.

겸사겸사 자신과 관도들의 실전 감각도 되살리고 말이다.

"지긋지긋한 놈들. 잡초처럼 뽑아도 계속 자라나니."

팔짱을 낀 채로 정마룡이 고개를 절레절레 저었다.

아무리 토벌을 해도 산적들이나 마적단은 잡초처럼 다시 자라났다.

그나마 요즘은 승천무관이 나서서 이 정도였지 처음에는 산채와 마적단 떼가 우글우글했었다.

주로 인접해 있는 요녕성과 대막 인근에서 기승을 부렸는데 요즘은 많이 줄어든 상태였다.

"그것도 그렇지만 어떻게 알아낸 건지 우리가 출정을 하면 귀신같이 꽁꽁 숨어 버려서 찾기 힘들어요."

무인환생

"힘들긴. 수색은 삼랑이들이 다 하는데."

"저희도 열심히 하거든요."

"근데 넌 왜 같이 안 움직이고 여기 있어?"

정마룡이 슬쩍 미간을 좁혔다.

다른 아이들은 열심히 도주하는 산적들을 추격하는데 유하일만 덩그러니 이곳에 있어서였다.

"저는 다른 녀석들을 추격했죠. 이상하게 이자에게서 냄새가 나더라고요."

"사, 살려 주십시오! 살려만 주신다면 뭐든지 다 하겠습니다!"

완벽하게 점혈된 상태로 바닥에 떨어진 산적 하나가 간절하게 소리쳤다.

하지만 절박한 산적의 외침에도 정마룡은 아무런 대답을 하지 않았다.

대신 산적의 얼굴을 요리조리 살펴봤다.

"왠지 먹물 냄새가 나지 않아요?"

"지낭 역할을 하던 녀석인가?"

"무공도 안 익혔어요. 몸이 튼튼하기는 하지만 딱 그 정도예요."

"호오."

정마룡이 눈을 빛냈다.

산적 무리에서 머리 좋은 녀석들이 하는 역할은 뻔했다.

그렇기에 정마룡은 의미심장한 미소를 머금었다.

"이왕 털 거, 제대로 털어야 하지 않겠습니까."

"오랜만에 한 건 했네."

"이제는 저도 경험이 제법 많으니까요."

"그렇긴 하지."

정마룡이 고개를 끄덕였다.

어느새 유하일도 십 대 후반이 되었다.

승천무관에 입관한 지 벌써 오 년이 지났던 것이다.

"저희도 왔습니다!"

새삼 흘러간 시간을 느끼고 있을 때 산적들을 추격했던 관도들이 하나둘 복귀했다.

유하일과 항상 어울려 다니는 이춘욱, 육기춘을 위시로 다들 산적들 한두 명을 옆구리에 끼고 달려왔다.

컹컹!

그리고 그 뒤로는 사이좋게 삼랑이들이 산적을 한 명씩 물고 왔다.

물론 상태는 썩 좋지 않았다.

날카로운 이빨도 이빨이지만 대충 물고 달려왔기에 세 명다 빈사 상태에 가까웠다.

"으으으……!"

"우리한테 왜 이러는 건데! 내가 뭘 잘못했다고!"

순식간에 와해된 조직의 모습에 이춘욱이 붙잡아 온 산적

무인환생

두목이 악에 바친 목소리로 소리쳤다.

그러나 그의 외침에 동조하는 이는 하나도 없었다.

심지어 동료이자 부하인 산적들조차도 어이없다는 표정을 지었다.

지금껏 해 온 악행들을 떠올리면 두목은 저런 말을 할 자격이 없어서였다.

"그러니까 나는 결백하다?"

"상황이 날 이렇게 떠민 것뿐이다! 모든 건 나라 잘못이다!"

"그게 다른 사람을 죽이고 재산을 빼앗을 이유는 되지 않는데 말이지."

"대체 왜 나한테……!"

푹!

바락바락 악을 쓰는 산적 두목의 목에 정마룡은 칼을 찔러 넣었다.

더 이상 개소리를 들어 줄 필요는 없다고 생각해서였다.

덜덜덜!

그리고 그 모습에 산적들이 하나같이 몸을 떨었다.

상황이 이렇게 됐지만 죽고 싶은 이는 단 하나도 없었다.

어떻게든 살고자 몇몇 이들이 목숨을 구걸했지만 결과는 같았다.

"자, 산적 두목의 비밀 금고를 알고 있는 사람 거수. 아, 점혈해서 손을 못 드는구나."

"저요!"

"제가 압니다!"

"저도 알고 있습니다!"

먼저 입을 열었던 이들을 싹 다 죽인 후 정마륭이 철도를 어깨에 걸치며 물었다.

그러자 여기저기에서 대답이 들려왔다.

점혈당한 이들 중 무려 반 이상 소리쳤던 것이다.

"딱 세 명만 살려 두죠. 다 데리고 가기 힘든데. 그간의 죄질을 생각하면 산짐승들의 밥으로 남겨 놓는 게 낫지 않을까요. 그게 이 새끼들에게 딱 어울리는 죽음 같은데."

"골라서 데려와."

"알겠습니다."

유하일에게 전권을 준 정마륭은 몸을 돌렸다.

먼저 산채에 가려는 것이었다.

끼이잉!

그것을 알아차린 모양인지 주변에서 털을 고르던 삼랑이들이 다가와 정마륭의 몸에 머리를 비볐다.

"녀석들."

덩치는 산만 해 가지고 여전히 아기 때처럼 애교를 부리는 삼랑이들의 모습에 정마륭은 아빠 미소를 지었다.

이제는 다 컸지만 그에게는 여전히 애기로 보였다.

삼랑이들도 적한테는 맹수였지만 정마룡에게는 아기처럼 굴었다.

헥헥!

"근데 태랑주(太狼主)보다는 섬전도(閃電刀)라는 별호가 더 좋은데 말이지."

"아무래도 사람들에게 깊은 인상을 주는 건 삼랑이들이니까요."

"너무 없어 보이잖아."

유하일이 잠시나마 살려 둘 세 명을 선별하는 사이 정마룡의 곁으로 이춘욱과 육기춘이 다가왔다.

둘 다 산적들을 상대했음에도 무복에는 핏방울 하나 묻어 있지 않았다.

녹림십팔채라면 모를까 작은 규모의 산채 정도는 둘에게 큰 위협이 되지 못했다.

"그래도 교두님은 별호가 두 개나 되시잖아요. 저희는 아직 없어요."

"어허! 아직 강호출도도 못한 게 어디서. 출도부터 하고 나서 별호를 기대해."

"슬슬 저희도 생기지 않을까 내심 기대했는데."

"역시 강호출도밖에는 답이 없는 건가."

두 사람이 입맛을 다셨다.

벌써 산적 토벌만 아홉 번을 했는데 여전히 둘에 대한 소문은 일절 없었다.

하다못해 삼랑이들보다 덜 회자되었다.

그게 두 사람은 못내 아쉬웠다.

"표국에 들어간다고 하지 않았어? 접근하는 표국들이 꽤 있는 걸로 아는데."

"저희뿐만 아니라 다 마찬가지예요."

"석가장에서도 제안이 왔고요."

"인기 많네."

이동하면서 정마룡이 씨익 웃었다.

새삼 잘 컸음을 알 수 있어서였다.

물론 강호를 뒤흔들 정도의 고수는 절대 아니었지만 그렇다고 해서 부족하다는 말을 들을 정도도 아니었다.

"교두님만 할까요."

"표두 자리도 심심찮게 들어오시잖아요."

"흠흠! 내가 그 정도 급은 되지."

정마룡이 헛기침을 했다.

그러나 그의 입꼬리는 귀에 닿을 듯이 올라가 있었다.

빈말이 아니라 그를 영입하고 싶다는 제안은 지금도 계속 들어오고 있었다.

가깝게는 석풍표국과 청송표국이 있었고, 십대표국에 속한 곳들에서도 비슷하거나 더 좋은 조건으로 제안을 했다.

"부러워요."

무인환생

"아, 우리는 언제 절정 고수가 되려나."

"그 전에 통곡의 벽부터 봐야 하지 않을까 싶은데."

이춘욱과 육기춘이 키득거렸다.

이제 일류지경에 발을 디딜까 말까 하는 두 사람에게 통곡의 벽은 너무나 멀리 있어서였다.

하지만 그렇다고 해서 기죽지는 않았다.

눈앞에 예시라고 할 수 있는 정마룡이 있어서였다.

"감사합니다, 정말 감사합니다!"

"크흐흑! 집으로 돌아갈 수 없을 거라 생각했는데……."

다시 산채로 돌아온 정마룡은 갇혀 있던 사람들부터 구했다.

역시나 지금껏 박살 냈던 산채들과 마찬가지로 붙잡혀 있는 이들은 대부분 여자들이거나 어린아이들이었다.

정마룡은 그들에게 채주의 비밀 금고에서 나온 재물을 적당히 나누어 주었다.

노잣돈을 너무 많이 주면 되레 위험하다는 걸 그간의 경험으로 알았기에 정마룡은 딱 적당히 분배해서 쥐여 주었다.

"정말 감사합니다, 대협!"

"마지막까지 이렇게 신경 써 주시다니……."

물론 돈만 쥐여서 보내지는 않았다.

아무래도 외진 지역이니만큼 근처 도시까지 안전하게 데려다주었다.

마지막까지 책임을 졌던 것이다.

"하하, 아닙니다. 사람으로서 당연히 해야 할 일인데요. 부디 집까지 무사히 가셨으면 좋겠습니다."

석가장과 석풍표국을 통해 구출해 낸 사람들을 무사히 보낸 정마룡이 흐뭇한 미소를 머금었다.

이럴 때 그는 가장 보람을 느꼈다.

별 볼 일 없던 하인 출신인 자신이 다른 사람들을 도와줄 수 있다는 게 정마룡은 기쁘면서도 행복했다.

강호의 협객이 된 것 같은 기분도 들었고 말이다.

'으헤헤헤!'

물론 절정 고수라고 해서 다 같은 절정 고수가 아니었다.

강호 전체로 보면 정마룡보다 강한 무인은 수두룩했다.

하지만 그처럼 매년 산적들과 마적단을 토벌하는 무인은 없었다.

"돌아가시죠."

"그래."

고향으로 가겠다는 사람들은 보내 주고 갈 곳이 없다는 이들을 데리고 정마룡은 승천무관으로 향했다.

"흐음."

이제는 석가장과 석풍표국뿐만 아니라 옆집이라 할 수 있는 청송표국에서도 신입 표사들과 쟁자수들을 맡기고 싶다

무인환생

는 의뢰가 들어왔다.

흐른 세월만큼 청송표국 역시 크게 성장한 상태였다.

지금은 규모가 제법 커졌기에 정마룡으로서도 나쁘지만은 않은 제안이었다.

"확실히 내가 크기는 컸어, 흐흐흐!"

청송표국뿐만 아니라 중견 규모의 표국에서도 들어온 의뢰를 확인하며 정마룡이 히죽 웃었다.

재능이 부족하다고 아무도 거들떠보지 않았던 그가 이제는 어엿한 절정 고수가 되었다.

물론 하북성을 대표할 만한 무인은 아니었으나 그렇다고 만만하게 볼 만한 존재도 아니었다.

새삼 석진호에 대한 감사함이 머리끝까지 차오르는 걸 느끼며 정마룡이 새로운 서찰을 펼쳤다.

"헐. 대박. 진짜 나한테 온 건가?"

정마룡이 두 눈을 휘둥그레 떴다.

그러고는 몇 번이고 서찰을 다시 봤다.

믿기지 않는지 방향도 돌려 가면서 말이다.

혹시나 자신이 잘못 읽었나 싶었지만 몇 번이고 다시 읽어도 내용은 똑같았다.

"혼담이라니. 나한테 혼담이 들어오다니!"

정마룡의 두 눈이 더 이상 커질 수 없을 만큼 커졌다.

특히 그는 혼담을 보내온 곳을 뚫어져라 쳐다봤다.

하후세가라는 중소 무가였으나, 중요한 건 나름 명문 세가로 불리는 곳 중 하나라는 점이었다.

"이게 꿈이야, 생시야?"

다시 봐도 틀림없이 자신에게 온 서신이었다.

그것도 콕 짚어 그에게 말하고 있었다.

둘째 딸을 한번 만나 보지 않겠느냐고.

꿀꺽!

하후세가주의 직인을 다시 한번 보며 정마룡이 침을 삼켰다.

그러더니 손가락으로 볼을 잡아당겼다.

"진짜네……."

얼얼한 왼쪽 볼을 느끼며 정마룡이 중얼거렸다.

하지만 기쁨은 잠시였다.

이내 그는 현실을 생각했다.

하북성에서 섬전도라 불리며 나름 무명을 알리고 있다 하나 그는 일개 절정 고수에 불과했다.

세가 약하긴 해도 오랜 역사를 가진 하후세가가 탐낼 만한 인재는 절대 아니었다.

또한 그는 자신의 주제를 잘 알았다.

"잘해야 절정의 끝이 한계겠지. 영물로 공력은 정순해지고 깊어지겠지만, 그뿐이야. 내공만 많은 절정 고수일 뿐이지."

씁쓸하지만 그게 현실이었다.

무인환생

사실 통곡의 벽을 넘은 것도 그의 재능을 생각하면 기적이나 마찬가지였다.

석진호가 아니었다면 그는 아직도 통곡의 벽에서 통곡하고 있을 터였다.

"역시 거절해야겠어."

기뻐한 것도 잠시, 정마룡은 냉정하게 결론을 내렸다.

하후세가에서 자신에게 혼담을 보낸 이유가 석진호와의 끈을 만들기 위해서임을 너무나 잘 알아서였다.

마음 같아서는 딸을 석진호에게 보내고 싶겠지만 그게 성사될 가능성은 희박했다.

팽나연과 당하린이 지키고 있기도 하거니와 석진호가 딱히 새 여인을 받아들일 마음이 없어서였다.

"받은 은혜가 있는데 폐를 끼칠 순 없지. 아직 보은도 제대로 하지 못했는데."

지금의 그는 석진호가 다 만들어 주었다고 해도 과언이 아니었다.

그렇기에 정마룡은 미련 없이 답장을 썼다.

최대한 정중하게 말이다.

"어차피 날 좋아하는 것도 아니니 아쉬울 것도 없어. 그나저나 혼인이라."

정마룡이 붓을 내려놓으며 중얼거렸다.

어느새 그의 나이 스물여섯.

슬슬 혼인에 대해 생각할 때였다.

"흐흐흐! 두 분 중 어느 분께 부탁드려야 하나."

언제 진지했냐는 듯이 정마룡이 푼수처럼 웃었다.

소개받을 생각을 하자 벌써부터 심장이 쿵쾅거렸던 것이다.

동시에 그의 머릿속으로 온갖 미녀들이 떠올랐다가 사라졌다.

스스로의 주제는 알아도 눈은 높은 정마룡이었다.

외전 2. 탁윤의 이야기

아침 일찍 일어난 탁윤은 절도 있게 이부자리를 정리했다.

각을 잡아 이불을 개고 방을 나온 탁윤은 말끔하게 씻은 후 승천무관의 정문으로 향했다.

이제는 어엿한 승천무관의 무공 교두였지만 그럼에도 탁윤은 자신의 자리가 문지기라고 생각했다.

끼이익.

이제는 익숙해진 마찰음과 함께 정문이 활짝 열렸다.

예전에는 문전성시를 이룰 정도로 새벽부터 정문 근처에 사람들이 많았지만 지금은 아니었다.

그 이전에 엄진근이 문지기를 했었는데 그때 워낙 살벌한 기운을 풍겨서인지 분명한 용무 없이 승천무관을 찾는 이는 없었다.

눈치껏 기웃거리는 사람들은 여전히 많았지만 말이다.

월월!

그때 뒷마당에서 묵랑이 뛰쳐나왔다.

정문이 열리는 소리를 듣고 귀신같이 달려 나온 것이었다.

"잘 잤니, 묵랑아?"

컹!

자신을 닮은 까만 털을 가진 묵랑이를 탁윤이 빙그레 웃으며 쓰다듬었다.

덩치는 산만 한 녀석이 어째 강아지처럼 그만 보면 배를 뒤집었다.

마치 쓰다듬어 달라는 듯이 말이다.

"언제까지 애기 짓을 할래? 이제는 다 큰 녀석이."

삼류 무사는 가볍게 제압하는 묵랑이가 연신 강아지처럼 애교를 부리자 탁윤이 실소를 흘리며 목을 긁어 주었다.

그러자 묵랑이가 행복한 표정을 지었다.

세상을 다 가진 듯 혀를 내밀며 히죽 웃었던 것이다.

"새벽에 사냥을 한 거야, 아니면 어제 먹은 게 아직도 남아 있는 거야?"

바람이 일 정도로 격렬하게 꼬리를 흔드는 묵랑을 쓰다듬어 주던 탁윤이 어이없는 표정을 지었다.

묵랑의 입가에 말라붙은 핏자국이 있어서였다.

武人還生
무인환생

워낙에 활동량이 많은데 부모 형제와 같이 있어 더더욱 활동량이 많아 탁윤은 늘 밥을 넉넉히 주는 편이었다.

그런데도 부족한지, 아니면 놀이인지 묵랑을 비롯해서 늑대 일가족은 까마귀나 족제비, 심지어 두더지도 간혹 잡아먹었다.

그르르르.

하지만 영리하기는 해도 아직 흑휘에 비할 바는 아니었기에 탁윤의 말을 묵랑이는 이해하지 못했다.

그저 기분 좋다는 듯이 웃기만 했다.

"안녕히 주무셨습니까, 탁 교두님!"

"좋은 아침입니다!"

"그래그래."

묵랑과 놀아 주는 사이 관도들이 하나둘 모습을 드러냈다.

모집해서 뽑은 관도들이 일 기였고, 그 뒤로 어쩌다 보니 데리고 오게 된 이들이 다음 기수가 되었다.

대개 산적 토벌을 했다가 갈 곳 없는 아이들 중 무공을 익히고 싶어 하는 애들을 거두었는데 그 숫자가 벌써 백에 가까웠다.

문지기를 선택한 그와 달리 여전히 수련생을 받고 있는 정마룡의 인원까지 더하면 백쉰 명이 훌쩍 넘었다.

'그만큼 승천무관의 부지가 넓어지기도 했지.'

황화현에서도 살짝 외진 곳에 위치해 있던 승천무관이었

다.

그런데 양옆에 청송표국이 자리 잡고 석가장주의 별장이 생기면서, 조용했던 주변이 북적거리기 시작했다.

거기다 소하정이 혼인하면서 또 주변에 집을 짓기도 했고 말이다.

"아무리 문지기라지만 너무 일찍 일어난 거 아냐?"

"잘 주무셨어요?"

"그냥 그래. 신경 쓸 게 너무 많아서 그런가."

"요즘 무리하시는 거 아니에요?"

정마룡이 눈두덩을 비비며 걸어 나왔다.

그런데 무슨 일이 있는 건지 눈 밑이 검게 변해 있었다.

"무리하는 건 아닌 것 같은데. 잠자는 시간은 똑같거든. 잠을 깊게 못 자서 그런가."

"좀 쉬엄쉬엄하세요."

"벌 수 있을 때 바짝 벌어 둬야지. 나중에 어떻게 될지 모르는데. 근데 넌 진짜 수련생 안 받을 거야? 너 기다리는 사람이 꽤 많아."

정마룡이 얼굴 가득 아쉬운 표정을 지었다.

그가 힘든 이유 중 하나가 바로 탁윤이 함께하지 않아서였다.

외공이라는 조금 특수한 무공을 익히고 있지만 가르치는 것과는 상관이 없었다.

무인환생

더욱이 대련할 때는 빛을 발하는 게 외공이었기에 정마릉은 진심으로 아쉽다는 얼굴로 물었다.

"저하고는 좀 맞지 않는 것 같아서요."

"문지기도 반드시 필요한 일이고 네가 좋아서 하는 일인 건 아는데, 좀 아쉬워서 그러지. 언제 또 이렇게 돈을 바짝 벌 수 있을지 모르니까."

"독립하시게요?"

"글쎄. 지금은 딱히 그럴 생각은 없는데, 나중에는 어떻게 될지 모르니까. 관주님도 늘 말씀하시잖아. 돈은 다다익선이라고. 많아서 나쁠 건 없다고 말이야."

"전 지금도 충분해요."

탁윤이 해맑게 웃으며 말했다.

지금은 수련생을 받지 않고 있지만 초반에는 승천무관을 위해서 그 역시 열심히 일했었다.

지금의 정마릉 못지않게 말이다.

게다가 부업으로 들어오는 돈도 제법 되었기에 탁윤은 수련생을 가르치는 일에 크게 연연하지 않았다.

"네가 함께해 주면 정말 든든할 텐데. 소강이는 객잔주님을 호위해야 해서 뺄 수 없고."

"쉬엄쉬엄하세요. 관도들은 알아서 잘하고 있기도 하고, 곡주님이 간간이 봐주니까요."

"나도 너처럼 부업이 있었으면 좋겠다. 그럼 조금은 여유가 있을 텐데."

"부업 있으시잖아요, 산적 토벌."

"에이, 그건 봉사 활동에 가깝지. 남는 거 거의 없어. 명성
도 딱히 얻는 건 아니고."

정마룡이 단호하게 고개를 저었다.

이것저것 따지면 남는 게 진짜 없어서였다.

달리 말하면 그 정도로 구출한 사람들에게 많이 나눠 준다
는 뜻이기도 했다.

애초에 돈을 목적으로 하는 일도 아니었고.

"대신 형님 덕분에 산적과 마적단의 씨가 말랐잖아요. 웬
만해서는 하북성에 안 오려고 한다잖아요."

"그게 나 때문이야? 정확하게는 관주님 때문이지. 괜히 석
가장과 석풍표국을 안 건드리는 게 아니지. 근데 이 녀석들
은 주인이 나왔는데 코빼기 하나 안 보이네?"

정마룡이 얼굴을 일그러뜨렸다.

얌전히 탁윤의 옆에 앉아 있는 묵랑과 달리 삼랑이들은 아
직도 모습을 보이지 않아서였다.

"흑휘에게 기합받고 있는 거 아니에요?"

"……그럴 수도 있겠다. 또 깝치다가 뒈지게 맞는 거 아닌
지 모르겠다."

"제가 보기에는 같이 노는 것 같던데요."

"내가 삼랑이들 주인이지만, 흑휘가 삼랑이들과 놀 급은

武人還生
무인환생

아니지."

이제는 반쯤 영물이라고 해도 과언이 아닌 삼랑이들이었으나 흑휘는 비교 불가의 존재였다.

석가장에 왔을 때부터 영물이기도 했거니와 석진호가 키우면서 이것저것 잘 먹여서 지금은 삼랑이들이 감히 범접할 수 없는 존재가 되었다.

딱 까놓고 얘기하면 정마룡조차 승리를 장담할 수 없는 존재가 흑휘였다.

"그러고 보면 좀 궁금하긴 해요. 대체 무슨 재미로 사는지."

"잠자는 재미?"

예전에는 석진호의 지시로 소하정에게 딱 달라붙어 있었지만 요즘은 엄유강이나 엄진근으로 인해 그녀에게 가는 일이 적었다.

대신 잠이 어마어마하게 늘었다.

세상일에 무관심하다는 듯이 매일 늘어져 있었다.

"그럴 수도 있겠네요."

"난 새벽 수련 시키러 가야겠다. 오늘도 수고해."

"형님도요."

늘어지게 하품을 하며 멀어지는 정마룡을 일별한 탁윤은 정문 한쪽에 거치되어 있던 빗자루를 들었다.

석가장에서 매일 했던 것처럼 정문 주변을 쓸기 위해서였다.

그리고 그 곁을 묵랑이 묵묵히 지켰다.

소하정이 결혼해서 출가한 후 석진호를 모시는 게 탁윤의 가장 중요한 일이었지만 그렇다고 다른 일을 아예 안 하는 건 아니었다.

돈이 되지는 않지만 나름 보람찬 일을 꾸준히 하고 있었다.

"오셨어요?"

"응. 별다른 일 없지?"

"네! 다들 열심히 일하고 있어요. 아직 일자리를 구하지 못한 아이들은 집안일을 도우고 있고요."

색목인과의 혼혈인지 은은하게 초록빛을 발하는 눈동자를 가진 십 대 중반의 소녀가 다부진 얼굴로 대답했다.

그 모습에 탁윤이 따스하게 웃으며 소녀의 머리를 쓰다듬어 주었다.

"란이 네가 고생이 많다."

"고, 고생이라니요. 당연히 제가 해야 할 일인데요. 아이들이 제 말을 잘 따라 주기도 하고요."

"네가 잘하니까 그런 거야."

두껍지만 부드럽게 쓸어 주는 탁윤의 손길에 유란의 얼굴이 터질 것처럼 붉어졌다.

무인환생

하지만 다행히 그 모습을 들키지는 않았다.

작은 목조건물에서 어린아이들이 우르르 몰려 나와서였다.

막 걸음마를 뗀 아이부터 대여섯 살 정도로 보이는 아이들까지 전부 뛰쳐나와서는 탁윤에게 달려들었다.

"형!"

"오빠!"

"보고 싶었어요!"

십여 명의 아이들이 한번에 달려들었으나 탁윤은 너무나 가볍게 아이들을 받았다.

그뿐만 아니라 양쪽 어깨에 두 명씩 올리고 목말까지 태우며 순식간에 대여섯 명을 들어 올렸다.

"으쌰!"

"끼하핫!"

"더! 더! 높게요!"

원래부터 힘이 장사이기도 했거니와 무공을 익혀 더욱 근력이 높아진 탁윤은 아무렇지 않게 아이들을 들고서 움직였다.

그러자 남녀를 불문하고 아이들이 하나같이 해맑은 웃음을 터트렸다.

"다들 그만 내려와! 오라버니 귀찮게 하지 말고!"

"나는 괜찮아. 수련하는 거에 비하면 아무것도 아니야."

"그래도……."

팔다리에 매달리는 아이들 통에 순식간에 얼굴 빼고 다 가려졌지만 탁윤은 웃었다.

부모도 없이, 더구나 한족이 아니라는 이유로 온갖 편견과 핍박을 받아 오며 자란 아이들이었다.

그런 아이들이 웃을 수 있다면 이 정도는 아무것도 아니었다.

"정말 괜찮아. 별로 힘들지도 않은데. 그보다 부족한 건 없어? 옷이나 속옷 같은."

"아직 넉넉해요. 음식 같은 경우에는 오히려 남아요. 객잔 주님이 하도 챙겨 주셔서요. 그래서 늘 감사하면서도 죄송스러워요."

"미안해할 필요 없어. 너희는 그저 여느 아이들처럼 평범하게 자라면 돼. 나도 그렇고, 객잔주님도 같은 생각이니까."

"오라버니."

유란이 흔들리는 눈으로 탁윤을 쳐다봤다.

남들과는 다른 새카만 피부는 탁윤 역시 이족(異族)임을 증명했다.

그렇기에 그의 어린 시절 역시 유란과 이곳에 모여 있는 아이들과 크게 다르지 않았을 터였다.

때문에 그녀를 비롯해서 아이들을 거둔 것일 테고.

"듣자 하니까 남자애들은 무공을 배우고 싶어 하는 거 같은데."

武人還生
무인환생

"저요!"

"들어갈 수만 있다면 승천무관에 꼭 들어가고 싶어요!"

"무공 열심히 배워서 꼭 표사가 될 거예요! 그래서 란이 누나랑 진국이랑 청율이한테 맛있는 거 사 줄 거예요!"

온몸에 매달려 있던 아이들 중 남자애들이 기다렸다는 소리쳤다.

하지만 그 말에 유란은 내심 씁쓸하게 웃었다.

어째서 저런 꿈을 품은 건지 그녀는 너무나 잘 알아서였다.

나이는 어리지만 어떻게든 보탬이 되고자 하는 걸 알았기에 유란은 슬픈 눈으로 남자아이들을 쳐다봤다.

"어릴 때 입문하는 게 좋기는 한데."

"이렇게 어린데요?"

"응. 내공 수련은 어려서부터 하는 게 제일 좋아. 육체 단련은 성장하는 속도에 맞춰서 하면 되니까. 다만 문제는 본무관의 무공을 유출할 수 없다는 거지."

자신과 같은 일을 겪지 않기를 바랐기에 탁윤은 일종의 보호소를 만들었다.

적어도 그만은 그늘을 만들어 주고자 말이다.

그로 인해 들어가는 돈이 상당했지만 아직까지는 여유가 있었다.

소하정을 비롯해서 도와주는 사람들도 있었고.

"그것까지는 아닌 것 같아요. 이미 오라버니께 많은 걸 받고 있는데……."

유란이 고개를 숙였다.

남자아이들의 마음을 모르는 건 아니지만 그래도 사람으로서 염치라는 게 있어야 했다.

지금껏 마냥 받기만 했기에 유란은 두 손을 꼼지락거리며 고개를 저었다.

"죄, 죄송해요."

"저희가 생각도 없이……."

뒤늦게 사태를 파악한 남자애들이 하나둘 탁윤의 몸에서 내려왔다.

그러고는 어쩔 줄을 몰라 했다.

자신들이 너무 생각 없이 말했다는 걸 깨달은 것이었다.

한데 그 모습조차 탁윤에게는 안쓰럽게 보였다.

"입관시켜."

"과, 관주님?"

"뭐가 그리 어려운 문제라고. 배우고 싶어 하는 애들 다 입관시키면 되는 일 아냐? 가르치는 건 네가 직접 하고. 경험이 없는 것도 아니니 이제는 문제없지?"

등 뒤에서 들려오는 익숙한 목소리에 탁윤이 화들짝 놀라며 몸을 돌렸다.

그러자 평소와 달리 눈을 빛내며 도도하게 서 있는 흑휘와 석진호의 모습이 두 눈에 들어왔다.

"여, 여긴 어떻게 오셨어요?"

"내가 모를 거라 생각했어? 황화현은 내 손바닥 안이야. 단지 지금까지 지켜본 건 네가 스스로 한 일에 책임을 질 만한 역량이 있나 확인해 보기 위해서였다. 근데 앞으로도 잘할 것 같네."

"화…… 안 내세요?"

"내가 왜 화를 내? 탁윤이 네가 하고 싶어 하는 일을 찾았고, 잘하고 있는데. 오히려 응원해 주면 모를까. 내가 말했지? 마룽이에게는 미안하지만 너와 유모는 그럴 자격이 있다. 이 세상에서 유이하게 말이지."

"가, 감사합니다."

탁윤은 순간 울컥했다.

이런 말을 들은 게 한두 번이 아닌데 이상하게 오늘따라 가슴을 울렸다.

"감사하단 말은 가족끼리 하는 거 아니다. 도움이 필요한 일이 있으면 언제라도 말하고. 괜히 혼자 끙끙대지 말고."

"……네."

"너희도 윤이 말 잘 따르고. 봐서 알겠지만 중요한 건 눈동자 색깔이나 피부 색깔이 아냐. 사람 그 자체지. 그러니 열심히 해."

"네!"

아이들과 한 번씩 눈을 마주한 석진호가 탁윤의 어깨를 말 없이 두드려 준 후 몸을 돌렸다.

　　그러나 탁윤을 비롯해서 유란과 아이들은 석진호의 모습이 보이지 않을 때까지 제자리에서 지켜봤다.

외전 3. 흑휘의 이야기

　새까맣고 윤기가 자르르 흐르는 자신의 털을 내려다보던 흑휘가 늘어지게 기지개를 폈다.

　따사로운 햇살을 받으며 낮잠을 자서 그런지 아주 전신이 나른한 게 너무 좋았다.

　"차합!"

　"으랏차!"

　냐아아암!

　하품도 늘어지게 하던 흑휘가 고개를 살짝 꺾어 아래를 내려다봤다.

　그러자 오늘도 어김없이 시끄럽게 수련을 하는 인간들의 모습이 눈에 들어왔다.

'여전하구만.'

매일 똑같은 수련을 죽기 살기로 반복하는 인간들의 모습에 흑휘는 고개를 휘휘 저었다.

강해지고자 하는 마음은 알지만 흑휘가 보기에 대성할 인간은 단 한 명도 보이지 않았다.

'그걸 주인님도 알 텐데 말이지.'

이미 한숨 푹 잤지만 햇살이 좋아서 그런지 다시 온몸이 노곤해졌다.

마냥 이대로 축 늘어지고 싶은 기분이라고나 할까.

동시에 문득 주인을 처음 만났을 때가 떠올랐다.

'진짜 깜짝 놀랐었지.'

태산에 자리 잡은 지 구십 년 만에 허물을 벗고 영물이 되었다.

사실 딱히 영물이 되고 싶은 마음은 없었다.

악착같이 살아남다 보니 오래 묵었고, 운 좋게 찾아온 깨달음을 잘 받아들였더니 영물이 되었다.

그리고 구릉의 하수오를 애지중지하며 키웠다.

언젠가는 잡아먹기 위해서였다.

그러던 어느 날 석진호가 찾아왔다.

흑휘가 금이야 옥이야 키우던 백년하수오를 채취하기 위해서였다.

'그런 인간이 있을 줄은 몰랐으니까.'

처음 석진호와 마주쳤을 때를 흑휘는 아직도 생생히 기억
했다.

영물이 되기 전에도 사람은 심심찮게 봤었다.

무인이라는 족속들도 역시 자주는 아니더라도 제법 마주
쳤었고.

하지만 석진호와 같은 인간은 흑휘의 묘생(猫生)에서 처음
이었다.

'만약 그때 다른 결정을 내렸으면 이렇게 살아 있지 못했겠
지.'

태산에서 마주쳤을 당시 석진호가 품고 있는 기운은 정말
보잘것없었다.

지금 탁윤이나 정마룡보다도 못한 수준이었다.

그런데 흑휘는 그걸 알았음에도 석진호에게 달려들지 못
했다. 눈이 마주친 순간 덤벼들면 자신이 죽는다는 걸 알아
서였다.

'본능적으로 느꼈지, 절대 평범한 인간이 아니라는 것을.'

보통 인간들이나 동물들은 모르나 영물쯤 되면 본능적으
로 느낄 수 있었다.

영혼에도 격이 있다는 사실을 말이다.

껍질은 형편없는 인간이었으나 그 안에 있는 영혼은 무시
무시했다.

태산에서 난다 긴다 하는 영물들을 멀리서나마 본 적이 있

는 흑휘였기에 눈이 마주친 순간 확신했다.

대드는 순간 자신은 죽고 말 거라고 말이다.

그래서 흑휘는 납작 엎드렸다.

'하아암! 처음에는 고민이 많았지만, 그 선택이 신의 한 수였지.'

두 눈을 감은 채로 흑휘가 빙그레 웃었다.

다시 생각해도 그때의 결정은 정말 잘한 선택이었다.

만약 주고받는 거래에서 관계를 정리했다면 흑휘는 지금도 태산의 수많은 그저 그런 영물 중 하나였을 터였다.

그것도 가장 밑바닥에 속해 있는 영물들 중 하나로 말이다.

'지금은 그래도 한 중간 정도는 되지 않을까?'

워낙에 괴물 같은 존재들이 많은 태산이었지만 지금 자신의 힘이라면 중간급 정도는 어찌어찌 되지 않을까 생각했다.

시간은 그다지 흐르지 않았지만 그동안 먹은 것들이 상당하기에 순수하게 축적한 힘만 기준으로 삼으면 간신히 닿지 않을까 싶었다.

'뭐, 갈 일은 없지만.'

주인인 석진호가 간다면야 따라가겠지만 혼자 태산에 갈 일은 없었다.

만약 석진호의 생명이 다한다면 그때는 돌아갈 수도 있겠지만 당장 흑휘의 집은 승천무관이었다.

무인환생

컹컹컹!

오수 아닌 오수를 즐기고 있는 흑휘의 귀가 쫑긋거렸다.

이제는 다 자란 녀석들이 여전히 정신없이 뛰어노는 소리에 흑휘가 한쪽 눈을 살짝 떴다.

'슬슬 짐승의 탈을 벗어 가는 녀석들이 참.'

흑휘가 혀를 찼다.

스스로 영혼의 격을 높여 영물이 된 존재들과 달리 삼랑이들과 그 자식들은 인위적으로 격이 높아진 경우였다.

흑휘로서도 처음 보는 경우였지만 중요한 건 그게 효과가 있다는 점이었다.

다만 문제는 너무나 좋은 환경이 주어졌음에도 불구하고 삼랑이 일가는 좀처럼 노력하려는 모습을 보이지 않는다는 점이었다.

'어떻게 보면 한창 저럴 나이이긴 한데…….'

삼랑이의 경우 이제 여섯 살 정도 되었다.

그와 비교하면 그야말로 핏덩이나 마찬가지였기에 갈구는 것도 조금 그랬다.

이미 갈구었음에도 크게 달라지지 않기도 했고.

'그래도 시끄러우니까.'

캬아악!

창문틀에 엎어져 있던 흑휘가 연무장을 향해 낮게 울었다.

그러자 비 오는 날 뛰어다니는 미친개처럼 날뛰던 삼랑이 일가가 조용해졌다.

귀가 좋은 녀석들답게 울음소리에 담긴 분노를 느낀 것이었다.

하아암!

훨씬 조용해진 상황에 흑휘가 다시 한번 늘어지게 하품을 하며 앞발에 머리를 기대고는 눈을 감았다.

낮잠을 마저 잘 생각이었다.

해 질 녘이 되었음에도 여전히 분주한 승천무관과 달리 흑휘는 여유롭게 뒷마당을 거닐었다.

낮잠도 늘어지게 잤겠다, 느긋하게 저녁 산책을 하려는 것이었다.

'평화롭구나.'

이제는 목장이라고 해도 과언이 아닐 정도로 수많은 가축들이 살고 있는 뒷마당을 거닐며 흑휘가 고개를 주억거렸다.

키우고 있는 가축들의 종류가 상당했지만 의외로 다들 사이가 좋았다.

따로 구분해 놓지 않았음에도 각자 자신들의 영역을 웬만해서는 벗어나지 않았다.

'아주 좋아.'

자신의 등장을 냄새로 알아차린 가축들이 경외심이 듬뿍 담긴 시선을 보내오는 것을 느끼며 흑휘가 도도하게 목장을

무인환생

가로질렀다.

그러나 누구도 그 앞길을 가로막지 않았다.

마치 왕을 배알하는 것처럼 적당한 간격을 두고 흑휘를 훔쳐보기만 했다.

까악! 까아악!

그때 멀리서 거슬리는 소리가 들려왔다.

늘 말썽을 피우는 까마귀들의 울음소리가 귓가로 파고들었던 것이다.

그리고 늘 그렇듯이 까마귀 떼를 쫓아내는 삼랑이 일가의 포효도 들렸다.

'쯧!'

매일같이 과수원의 과일들을 호시탐탐 노리는 까마귀들로 인해 삼랑이 일가는 하루가 멀다 하고 사냥을 해야 했다.

까마귀가 새들 중에는 똑똑한 편이라 하나 그래도 본능을 이기진 못했다.

과수원에서 자라는 각종 과일들의 품질이 상당히 좋은 편이기도 했고.

하지만 중요한 건 흑휘에게 까마귀들은 상당히 귀찮은 존재라는 점이었다.

'씨를 말려도 어디선가 또 나타나니.'

도(道)를 닦는 만큼 흑휘는 불필요한 살생을 하지 않는 편이었다.

하나 이유가 있다면 망설이지 않았다.

특히나 자신의 영역을 노리는 이들에게는 절대 자비를 베풀지 않았다.

캬아아앙!

정신 사납게 사방팔방 뛰어다니며 까마귀를 내쫓는 삼랑이 일가와 달리 흑휘는 절대 서두르지 않았다.

대신 포효로 자신의 존재감을 드러냈다.

적어도 황화현에서는 그가 왕이었다.

그 어떤 동물도 흑휘에 비할 수는 없었다.

파다다닥!

흑휘의 포효에, 이리저리 날아다니며 빈틈을 노리던 까마귀들이 일제히 하늘 위로 솟구쳤다.

삼랑이 일가는 빈틈이라도 노릴 수 있지만 흑휘는 아니었다.

그렇기에 까마귀들은 싸움을 포기했다.

쌔애액!

다만 문제는, 도망치고 싶다고 해서 쉽게 도망칠 수가 없다는 점이었다.

보내 줄지 말지를 결정하는 건 흑휘였다.

그 사실을 증명하듯 흑휘가 앞발을 크게 휘둘렀다.

퍼펑! 퍼퍼펑!

서당 개 삼 년이면 풍월을 읊는다고 했던가.

무인환생

마치 검객이 뿌리는 검풍처럼 흑휘의 발톱에서 뿜어져 나간 날카로운 바람이 순식간에 까마귀들을 도륙했다.

굳이 뛰어다닐 필요 없다는 듯이 흑휘는 도도하게 제자리에 서서 까마귀들을 사냥했는데 순식간에 반수 이상이 조각나서 과수원 위로 쏟아졌다.

헥헥헥!

그걸 또 삼랑이 일가는 좋다고 달려들어서 씹어 먹었다.

나름 별미라 할 수 있는 간식이었기에 일단 입에 넣고 보았다.

입이 고급인 흑휘가 아예 입도 대지 않는다는 걸 잘 알고 있기도 했고.

'얼른 좀 자라라. 내가 나서지 않게.'

게걸스럽게 까마귀 사체를 흡입하는 삼랑이 일가를 보며 흑휘가 고개를 저었다.

삼랑이 일가가 얼른 자라야 자신이 이런 시답잖은 일을 안할 텐데 지금 꼬락서니를 보아하니 앞으로도 한동안은 자신이 나서야만 할 것 같았다.

'에휴.'

그렇게 생각하자 나오는 것은 한숨뿐이었다.

결국 흑휘는 깊은 한숨만 연거푸 쉬며 승천무관을 나섰다.

오랜만에 바깥바람 좀 쐬어야만 할 것 같았다.

냐아옹! 냐옹! 냥!

사위가 서서히 어두워지기 시작하자 골목 곳곳에 숨어 있던 고양이들이 모습을 드러냈다.

낮에는 드러누워 있거나 잠을 자던 길고양이들이 하나둘 활동하기 시작했던 것이다.

하지만 흑휘는 그러거나 말거나 자신만의 길을 걸었다.

스윽. 슥.

한가롭게 담벼락 위를 거니는 흑휘의 뒤로 수많은 고양이들이 모여들었다.

근데 한 가지 특이한 공통점이 있었다.

흑휘의 뒤를 따르는 고양이들이 죄다 암컷이었던 것이다.

그것도 왕을 영접하는 신하들처럼 하나같이 경외심과 호감을 담고서 흑휘의 뒤를 졸래졸래 따라갔다.

저벅저벅.

그러나 흑휘는 그 사실을 아는지 모르는지 그저 느긋하게 마을을 가로질렀다.

바람을 쐬러 나온 만큼 다른 것에는 일절 신경 쓰지 않고서 도도하게 황화현을 가로질렀다.

하지만 그런 흑휘를 사람들은 알아보지 못했다.

절묘하게 사람들의 사각으로만 움직여서였다.

'어째 사람들이 점점 더 늘어나는 것 같은데.'

언뜻 보면 아무 생각 없이 돌아다니는 것처럼 보였지만 실상은 달랐다.

흑휘는 새로 유입된 사람들을 귀신같이 알아봤다.

외모도 외모지만 일단 냄새부터가 달랐다.

사람마다 특유의 체취가 있었기에 처음 온 사람을 알아보는 건 쉬웠다.

'뭐, 나하고는 상관없으니까.'

고즈넉했던 예전의 황화현이 그립긴 해도 지금이 나쁜 건 아니었다.

오히려 북적북적한 마을을 구경하는 재미가 있었다.

고요한 풍경은 태산에서 질리도록 보기도 했었고 말이다.

냐아아옹!

그때 뒤에서 간절한 울음소리가 들려왔다.

암컷 고양이들이 어떻게든 흑휘의 관심을 받아 보고자, 시선 한번 받아 보려고 간절히 울부짖는 것이었다.

하지만 흑휘는 합창처럼 들려오는 울음소리에도 일절 반응하지 않았다.

스슥! 슥!

뒤따르는 암컷 고양이들과 달리 수컷들은 흑휘가 나타나기 무섭게 머리를 조아렸다.

흑휘가 지나갈 때까지 몸을 납작하게 엎드렸던 것이다.

아직 어린 고양이들은 몸을 발랑 뒤집으며 배를 보였지만 도도한 흑휘는 누구에게도 관심을 주지 않고서 승천무관으로 되돌아갔다.

"응? 산책하고 왔구나?"

오랜만에 관도들의 훈련을 지켜보던 석진호가 연무장에 있었다. 특유의 뒷짐을 진 자세로 날카롭게 관도들의 자세를 살펴보는 중이었다.

그런 석진호를 향해 흑휘는 망설임 없이 몸을 발라당 뒤집었다. 황화현의 왕으로 군림하는 흑휘였지만 그 역시 석진호의 앞에서는 평범한 한 마리의 고양이일 뿐이었다.

"녀석."

언제 도도하게 굴었냐는 듯이 흑휘는 주인에게 온갖 애교를 부렸다. 적어도 황화현에서는 무서운 게 전혀 없는 흑휘였지만 석진호는 예외였다.

감히 그로서도 범접할 수 없는 존재가 석진호였기에 흑휘는 자존심이 조금도 상하지 않았다.

강자를 따르는 건 절대 추한 일이 아니었다.

"네 자식도 보고 싶긴 한데, 이번 생에는 보기 힘들겠지?"

쓰다듬어 주는 손길에 연신 고로롱거리는 흑휘를 일별하며 석진호가 정문 쪽을 바라봤다. 정확하게는 이곳까지 흑휘를 따라온 암컷 고양이들을 말이다.

차마 아까처럼 울음소리를 내지는 못했지만 아직도 상당한 숫자가 정문에서 서성이고 있었다.

'자, 자식이라니요?'

무인환생

반면에 흑휘는 석진호의 말에 당혹스러운 표정을 지었다.

영물이 되기 전 한낱 미물에 불과했을 때는 발정을 참지 못했었다.

하지만 영물이 된 후에는 충분히 발정을 참을 수 있었기에 딱히 번식에 대해서는 생각하지 않았다. 그런데 석진호가 내심 원하는 듯하자 흑휘는 곤혹스러웠다.

"뭐, 너도 생각이 있겠지. 나도 굳이 강요하고 싶지는 않고. 어울리는 반쪽을 찾기도 쉽지 않을 테니까."

진지하게 고민하는 흑휘와 달리 석진호는 순수하게 궁금해서 말을 꺼낸 것이었다.

삼랑이들은 조금 특별한 경우이기도 했고.

게다가 남의 인생에 이래라저래라 하는 건 석진호도 싫었다.

"들어가자."

'네!'

빠르게 생각을 정리한 흑휘가 단숨에 석진호의 어깨에 올라타서는 익숙하게 자리를 잡고 앉았다.

꼬리를 천천히 살랑거리면서 말이다.

외전 4. 그의 이야기

북해에서 얻은 깨달음을 어느 정도 소화하고 정리한 석진호는 승천무관에 도착하기 무섭게 심해로 향했다.

수련을 위해서라기보다는 개인적으로 궁금해서였다.

만년자패 이후 따로 마주친 영물은 없지만 석진호는 본능적으로 느꼈다.

바다가 넓은 만큼 정말 생각지도 못한 존재들이 있다는 사실을 말이다.

'태산에도 많이 있겠지.'

백아검을 타고 바다를 가르며 석진호는 중얼거렸다.

수없이 환생을 거듭하면서 그는 내심 자만했었다.

이 세상에서 자신은 특별한 존재라고 말이다.

그리고 그 마음은 전생 때 극에 달했다.

천하제일인이라는 칭호에 취해 정말 무림에서 왕이라도 된 양 행동했었다.

자신은 그럴 자격이 있다고 생각했고 말이다.

'근데 그게 엄청난 착각이었지.'

티를 내지는 않았으나 이번 생 역시 석진호의 마음가짐은 크게 다르지 않았다.

결국 언젠가는 다시 천하제일인이 될 것이라고 생각했기에 세상을 얕잡아 봤다.

정말 아무것도 모르고서 말이다.

천외천이라는 말을 북해에서 새삼 깨달을 수 있었기에 석진호는 초심으로 돌아갔다.

'지금 이룩한 경지도 끝이 아니야. 또한 내가 최초일 리 없겠지.'

알량한 실력으로 나대던 전생을 떠올리자 석진호는 얼굴이 화끈거렸다.

다행스러운 건 차가운 바닷물 덕분에 느끼는 것보다 얼굴이 덜 붉어졌다는 점이라고나 할까.

이윽고 석진호는 만년자패를 만났던 장소에 도착했다.

'역시.'

견디기 버거웠던 수압이 이제는 거의 느껴지지 않았다.

호흡 역시 억지로 참지 않아도 될 정도였다.

덕분에 석진호는 떠나기 전과 달리 상당히 편하게 주변을 둘러볼 수 있었고, 또한 느낄 수 있었다.

심해 곳곳에 자리 잡은 존재들을 말이다.

'아마 지금도 내가 느끼지 못하는 존재들이 있겠지.'

기감으로 느껴지는 존재들은 하나같이 대단한 존재들이었다.

인세에 이런 존재가 있었나 싶을 정도로 말이다.

하지만 그들은 석진호가 갑자기 나타났음에도 모습을 보이지 않았다.

그저 예전처럼 자신들의 자리를 지키고만 있었다.

'나는 스쳐 지나갈 존재일 뿐이니까.'

쉼 없이 격류가 휘몰아치고 있었지만 석진호의 신형은 미동도 없었다.

예전에는 어떻게든 이 심해의 격류를 이겨 내려고 했었다.

심해가 자신을 밀어낸다고 생각해서였다.

하지만 그건 잘못된 생각이었다.

심해는, 자연은 그 무엇도 밀어내거나 싫어하지 않았다.

그저 존재할 뿐이었다.

'순리라는 말이 괜히 있는 게 아니지.'

심해의 격류를 적으로 규정하고, 싸워 이기려 한 건 오로지 석진호만의 생각이었다.

그걸 이제는 알았기에 석진호는 빙그레 웃으며 격류의 흐름에 몸을 맡겼다.

하지만 그러면서도 그의 몸은 조금도 흔들리지 않았다.

꾸우우욱!

'응?'

빛조차 들어오지 못해 사방이 칠흑처럼 어두컴컴했는데 멀리서 기이한 울음소리가 들렸다.

동시에 황금빛 점이 보였다.

'저건?'

점점 더 커지는 황금빛처럼 석진호의 동공도 서서히 커졌다. 빠른 속도로 다가오는 게 무엇인지 그는 단박에 알아차렸던 것이다.

'만년금구.'

작은 동산만 한 크기의 황금빛 거북이 느릿하게 그를 향해 다가왔다.

그런데 크기가 크기이다 보니까 속도가 상당했다.

천천히 유영하는 것 같은데 순식간에 가까워졌던 것이다.

'아니, 만 년 이상이려나?'

매끈한 동체의 만년금구를 보며 석진호가 중얼거렸다.

단순히 겉모습만으로는 얼마나 오랜 세월을 살아왔는지 짐작할 수가 없어서였다.

그러나 한 가지만은 확실하게 알았다.

이렇게 빛을 내며 존재감을 드러냄에도 이 심해에서 멀쩡히 살아 있다는 건 그만큼 만년금구가 강하다는 걸 말해 주었다.

꾸욱! 꾸우욱!

순식간에 다가온 만년금구는 오랜 세월을 살아왔음에도 불구하고 두 눈이 너무나 맑고 투명했다.

세파라고는 전혀 겪어 보지 못한 듯한 순진무구한 눈으로 만년금구는 해맑게 웃으며 석진호에게 커다란 앞발을 내밀었다.

"나도 반갑구나."

꾸욱! 꾹!

반갑게 맞아 주는 석진호가 고마운 모양인지 만년금구가 기분 좋은 울음소리를 냈다.

그러더니 앞발로 자신의 등을 가리키며 몸을 돌렸다.

마치 등에 올라타라는 듯이 말이다.

"구경시켜 주겠다고?"

꾸우욱!

사람의 말이 아닌데도 석진호는 신기하게도 만년금구의 말을 얼추 알아들을 수 있었다.

마음으로 뜻이 전달되는 느낌이라고나 할까.

게다가 만년금구의 순수한 호의가 느껴졌기에 석진호는 백아검을 회수하며 자연스럽게 등에 올라탔다.

꾹! 꾸욱!

"알았다. 착 달라붙어 있으마."

꾸우우욱!

등에 올라탄 석진호를 향해 다시 한번 당부의 말을 건넨 만년금구가 나타났을 때보다 빠르게 헤엄을 쳤다.

그러자 순식간에 둘의 신형이 앞으로 쭉쭉 나아갔다.

어검비행술보다 더 빠른 이동속도에 놀란 것도 잠시, 석진호는 만년금구가 보여 주는 심해의 모습에 푹 빠져들었다.

'미물의 탈을 벗고, 영물을 벗어 영수(靈獸)가 되면 그곳에 가겠지?'

모습을 드러내진 않았지만 석진호는 느낄 수 있었다.

심해 곳곳에 자리 잡은 거대한 존재들을 말이다.

그리고 개중에는 만년금구의 존재감과 비교해도 전혀 뒤떨어지지 않는 존재들도 있었다.

동시에 석진호는 북해빙궁의 조사전에서 잠시나마 엿볼 수 있었던 세계를 떠올렸다.

'영물들도 등선(登仙)할 수 있으니까.'

만약 그때 석진호가 망설이지 않았다면, 고민하지 않았다면 그 역시 그곳에 발을 디딜 수 있었을 터였다.

하지만 석진호는 그러지 않았다.

아직 인세에서 하고 싶은 게 많기도 하거니와 그곳에 닿는다고 해서 끝나는 게 아니라는 걸 알았기에 석진호는 나아가기보다 멈추는 쪽을 선택했다.

武人還生
무인환생

멈춘다고 해서 그게 꼭 정체를 뜻하는 것이 아니기도 했고.

'안 가겠다는 게 아니라 유예기간을 좀 두겠다는 거니까.'

지금 얻은 깨달음을 완벽하게 수습하면 언제라도 올라갈 수 있었다.

그렇기에 지금처럼 여유를 부리는 것이기도 했고.

꾸우욱?

"아냐, 아냐. 잘 보고 있어."

석진호가 잠시 상념에 빠진 걸 눈치챈 모양인지 만년금구가 고개를 돌렸다.

그 모습에 석진호가 웃으며 고개를 저었다.

"신경 써 줘서 고마워."

꾸욱!

이어지는 석진호의 말에 만년금구가 히죽 웃었다.

사람의 말을 듣는 건 처음이었지만 석진호처럼 의미는 제대로 전달되는 듯했다.

쏴아아아!

이윽고 만년금구가 다시 신나게 헤엄을 치기 시작했다.

"아빠다!"

"빠빠!"

잠시 외출을 하고 집으로 돌아오기 무섭게 두 아이가 석진호에게 달려들었다.

여자아이와 남자아이가 아장아장 걸어왔던 것이다.

아직 걷는 게 서툰지 남자아이가 다가오는 와중에 넘어졌지만 이내 씩씩하게 벌떡 일어났다.

이 정도 넘어짐은 아무것도 아니라는 듯이 말이다.

"괜찮아?"

오히려 누나인 여아가 깜짝 놀라 멈칫거리며 물었지만 남동생은 아무렇지도 않은 얼굴로 아빠에게 달려갔다.

"으헤헤헤!"

"조심해! 또 넘어질라!"

나갔다 온 아빠가 반가운 모양인지 남자아이가 헤벌쭉 웃으며 달렸다.

그런데 자세가 상당히 불안정했다.

언제 넘어져도 이상하지 않을 자세로 뛰어가는 동생의 모습에 여자아이가 걱정 가득한 얼굴로 뒤따랐다.

"빠빠!"

"어이구, 아빠한테 달려왔어요?"

"웅!"

뒤뚱뒤뚱하면서도 용케 넘어지지 않게 달려온 아들을 석진호는 단숨에 안아 들었다.

그러자 석창현이 방긋방긋 웃었다.

아빠의 품에 안긴 게 너무나 행복하다는 듯이 말이다.

"아빠! 나도요!"

뒤이어 큰딸인 석지현이 다리에 찰싹 달라붙으며 두 팔을 번쩍 들었다.

그 모습에 석진호는 반대쪽 팔로 딸을 안아 들었다.

"잘 놀았어?"

"응!"

"네! 창현이랑 같이 재미있게 놀았어요."

석진호가 두 자식을 번갈아 쳐다봤다.

이제는 제법 컸다고 둘 다 무게가 상당했다.

물론 아직 한참이나 더 커야 했지만 그럼에도 석진호는 새삼 시간이 많이 흘렀음을 느꼈다.

"정확하게는 흑휘가 많이 고생했어요. 애들이랑 놀아 주느라고요."

"삼랑이들이 먼저 나가떨어졌지?"

"네."

팽나연과 함께 걸어온 당하린이 살포시 웃으며 대답했다.

어찌나 힘이 넘치는지 삼랑이와 자식들이 먼저 나가떨어질 정도였다.

그나마 흑휘가 아이들을 감당했는데, 그마저도 많이 힘겨워했다.

자식들과 놀아 준 후에 두 시진 동안 꼼짝도 하지 않을 정도로 말이다.

"누굴 닮아서 이렇게 힘이 넘치는지."

"후후! 누굴 닮았겠어요?"

고개를 휘휘 젓는 석진호를 팽나연이 씨익 웃으며 쳐다봤다.

그녀가 낳은 석창현은 외모만 보면 석진호와 닮은 점이 거의 없었다.

근데 속은 똑같았다.

심지어 입맛도 말이다.

"나는 어릴 적에 되게 얌전했다고 들었는데."

"누가 그래요?"

"응? 유모도 와 있었어?"

본관에서 나오는 소하정의 모습에 석진호가 눈을 동그랗게 떴다.

갓난아기일 때야 매일같이 왔다지만 이제는 둘 다 제법 컸기에 예전처럼 자주 찾아오지는 않았었다.

그런데 오늘은 있자 석진호의 동공이 살짝 흔들렸다.

"당연하죠. 도련님의 자식분들인데 당연히 제가 있어야지요."

"모! 모!"

"이모님이라고 해야지."

몇 달 차이 나지 않지만 그래도 동생이라고 석창현은 아직 말을 제대로 떼지 못했다.

반면에 진즉에 말문이 트인 석지현은 남동생에게 정확하게 호칭을 알려 주었다.

"우후후! 이모한테 올래요?"

"응!"

격하게 반겨 주는 석창현의 모습에 소하정의 미소가 짙어졌다.

석진호는 두 자식 다 자신을 안 닮아서 다행이라고 했지만 그녀는 생각이 달랐다.

어릴 때와 너무나 닮은 게 두 남매였다.

특히 지금처럼 두 팔을 벌리는 모습이 완전히 판박이였다.

"어이쿠! 그새 또 자랐는지 무거워졌네요."

"히히히!"

휘청거리는 게 재미있는 모양인지 석창현이 소하정에게 폭 안기며 개구지게 웃었다.

반면에 아빠 품에 안겨 있던 석지현은 걱정스러운 표정을 지었다.

남동생이지만 무게가 상당하다는 걸 너무나 잘 알고 있어서였다.

더구나 소하정은 무공을 일초반식도 익히지 않은 평범한 사람이었다.

"이모 힘들게 하지 마!"

"흥!"

석지현이 나무라듯 말했지만 석창현은 귓등으로 듣지 않았다.

아직은 어렸기에 하고 싶은 대로 했던 것이다.

"이모가 아직은 괜찮아요. 나이는 숫자에 불과할 뿐이니까요. 그리고 옛날 생각도 나고."

"오라버니도 어릴 때 개구쟁이였어요?"

"말도 못 할 정도였죠. 어찌나 사고를 치고 다니던지. 근데도 몸은 튼튼해서 여기저기 부딪치고 넘어져도 잘 안 다치셨어요. 피가 나도 안 울고요."

"진짜 똑같네요."

팽나연이 피식 웃었다.

하는 행동이 정말 똑 닮아서였다.

팽가의 핏줄이라 고통에 무덤덤한 줄 알았는데 그게 아니라 아빠를 닮은 모양이었다.

"그랬었나?"

"확실히 피는 못 속이는 거 같아요. 지현이도 잘 안 울잖아요. 창현이랑 자주 싸워서 그렇지."

"맞아요! 나 안 울어요!"

엄마의 말에 석지현이 씩씩하게 대답했다.

아픈 걸 모르지 않지만 그렇다고 울 정도는 아니었다.

애초에 다칠 일도 많지 않았고 말이다.

"우리 딸 씩씩하네."

武人還生
무인환생

"헤헤헤!"

석진호의 칭찬에 석지현이 부끄러운 듯이 고개를 숙였다.

하지만 입가에는 함지박만 한 미소가 맺혀 있었다.

"세월 참 빠르네요. 이렇게 도련님이 혼인하셔서 아들딸과 함께 오순도순 살고 계시는 걸 보게 되다니."

"손주를 보는 느낌이지?"

"맞아요. 그래서 너무 행복해요. 주인님 생각도 자주 나고요. 이 모습을 직접 보셨으면 얼마나 기뻐하셨을지."

"하늘에서 보고 계실 거야."

소하정의 눈가가 촉촉해지자 석창현이 울지 말라는 듯이 포옥 안겼다.

그 따스한 느낌에 소하정은 미소가 절로 나왔다.

"울지 말라는 거죠? 호호."

"응!"

"오랜만에 뱃놀이나 할까? 날씨도 좋은데. 소설이랑 소강이도 함께."

소하정이 석창현과 교감을 하고 있을 때 석진호가 넌지시 제안했다.

날씨도 화창하니 오랜만에 다 함께 뱃놀이를 하는 것도 나쁘지 않을 것 같아서였다.

"그럴까요?"

"저도 좋아요."

"그럼 바로 준비해서 가자."

기다렸다는 듯이 대답하는 팽나연과 당하린의 모습에 석진호는 웃으며 본관으로 들어갔다.

아이 둘이 함께하는 만큼 준비할 게 많아서였다.

'마지막으로는 더할 나위 없는 삶이로구나.'

석진호의 입가에 행복한 미소가 맺혔다.

역시 자신의 선택이 틀리지 않았다고 생각하면서 말이다.

《무인환생(武人還生)》마칩니다